U0137879

韵 成 入 乐

散 曲 、 杂 剧
二 百 曲 牌

林在勇 ◎ 著

华东师范大学出版社

上海

图书在版编目（CIP）数据

韵成入乐：散曲、杂剧二百曲牌/林在勇著. —上海：华东师范大学出版社，2023
ISBN 978－7－5760－3489－9

Ⅰ.①韵… Ⅱ.①林… Ⅲ.①散曲－作品集－中国－当代 Ⅳ.①I227.9

中国国家版本馆 CIP 数据核字（2023）第 030398 号

韵成入乐
散曲、杂剧二百曲牌

著　　者	林在勇
责任编辑	曾　睿
责任校对	时东明
装帧设计	人马艺术设计·储平

出版发行	华东师范大学出版社
社　　址	上海市中山北路 3663 号　邮编 200062
网　　址	www.ecnupress.com.cn
客服电话	021－62865537
网　　店	http://hdsdcbs.tmall.com

印 刷 者	上海中华商务联合印刷有限公司
开　　本	700×1000　16 开
印　　张	14.25
字　　数	131 千字
版　　次	2023 年 2 月第一版
印　　次	2023 年 2 月第一次
书　　号	ISBN 978－7－5760－3489－9
定　　价	73.00 元

出版人	王　焰

如发现本版图书有印订质量问题
请寄回本社客服中心调换或电话 021－62865537 联系

简 目

目 次

〔乔牌儿〕〔神曲缠〕〔离亭宴带歇指煞〕

070　　**2. 云虹蕉鹿四恋套曲**

（《朝云恋》《垂虹恋》《蕉影恋》

《鹿女恋》）

〔庆东原〕〔步步娇〕〔雁儿落〕

〔拨不断〕〔搅筝琶〕〔风入松〕

〔胡十八〕〔落梅风〕〔殿前欢〕

〔太平令〕〔沽美酒〕〔本调煞〕

〔太清歌〕〔川拨棹〕〔鸳鸯煞〕

187　**后记**

深得元曲三昧之作

林在勇《韵成入乐——散曲、杂剧二百曲牌》序

中国传统的文学形式诗、词、曲、赋，今日很少人欣赏了，这固然与一代有一代之文学有关，但也不尽然，可能主要的原因，还是现在的人所作的旧体诗词曲赋没有什么审美价值。只要写得好，还是会为人们夸赞的，甚至广为流传。毛泽东所作的诗词，有许多句子不是成了我们生活中流行的俗语吗？如"数风流人物，还看今朝"，"宜将剩勇追穷寇，不可沽名学霸王"，"不管风吹浪打，胜似闲庭信步"，"世上无难事，只要肯登攀"，等等。又如散曲，在 20 世纪六十年代初的国际政治斗争中，赵朴初的《尼哭尼》"我为你勤傍妆台，浓施粉黛，讨你笑颜开。我为你赔折家财，抛离骨肉，卖掉祖宗牌。可怜我衣裳颠倒把相思害，才盼得一些影儿来，又谁知命蹇事多乖……"，发

表在《人民日报》上之后，一日之间，风传全国，为千万人抄录，甚至被许多人背诵。就是比较高雅的"赋"，今日的人们也没有拒绝它，魏明伦应邀为许多城市、风景胜地或重要建筑作赋，一时间竟忙得不亦乐乎。可是，这样的作者太少了。

近年来，我倒是发现了一位，就是林在勇先生。最早读到的是他所写的旧体诗词，读后的感觉是，将他的诗词掺杂在唐诗宋词中，再去辨别哪一首是唐代的，哪一阕是宋人的，哪一篇是他作的，会是很困难的事情。

这几日，又读到了他所创作的"曲"的作品集《韵成入乐》，它由61支小令、22支带过曲、57个套曲和一部剧曲组成，读后就不再仅仅是赞叹了，而是惊骇，想不到今天的人居然能作出和元人一样的曲子。

"曲"这一文体不是始于元，也不是终结于元，但毫无疑问，它的高峰期与黄金时代是在元，所以，有这么一句流行古今的评价，即"唐诗宋词元曲明清小说"。元曲分为散曲和剧曲，所谓散曲，只供清唱吟咏之用，相当于诗、词；所谓剧曲，就是运用于戏剧中歌唱的曲子，如杂剧中的曲子。散曲又分小令、带过曲和套曲。小令是单片只曲，调短而字少；带过曲是两三支小令的合成，而套曲则由若干曲子组成，如《一枝花·不伏老》，含有四支曲子。相对来说，作套曲的难度较大，其定制一般为全套必须押韵相同，须有〔尾声〕，须由同宫调的两个以上的只曲连缀而成。当时，皇室贵胄、文人墨客、贩夫走卒，几乎无人不唱曲、无人不爱曲，所以，当时曲的创作者不可计数，创作的作品量更是惊人，留存于今日的散曲还有万首之多，含有剧曲的杂剧剧本则有一百六七十部，而在不断涌起的相互竞争、相互切磋的创作风潮中，艺术质量便不断提升，从而形成了元曲的特色。

　　我不了解在勇先生学习元曲的过程，但从现在的作品来看，他一定经历了长时间的潜心研读、仿制和脱其窠臼而创作的过程，否则，所作的曲子不可能达到如此神似的程度。说它们神似，是因为它们具有了元曲的特点。因《韵成入乐》多数是散曲，我们先拿元散曲的特点与之进行对照。

　　元曲的最上乘者是那些站在广大百姓的立场上来总结历史、直面现实、品评人物的作品，如大家熟知的张养浩的〔中吕·山坡羊〕《潼关怀古》："峰峦如聚，波涛如怒，山河表里潼关路。望西都，意踟蹰。伤心秦汉经行处，宫阙万间都做了土。兴，百姓苦；亡，百姓苦。"在勇先生的作品中也有很多这样的内容，尤其是在凭吊古迹或阅读经典作品时，发出了意味深长的慨叹，如〔商角调·黄莺儿〕《清江思》："江水，江水，认汨罗湄，诚君子泪。（跃滔滔）万古根心，当时原委。"〔双调·得胜令〕《左文襄》："瞻拜左公疏，见识万年图。小智多逐末，孤忠未变初。持符，一战通西路。平胡，其功追汉武。"对屈原、左宗棠这样的先贤表现了由衷的敬仰之情，并表露了自己独特的历史感悟。他用曲子写成的关汉卿《窦娥冤》读后感，虽然只有短短的四句，但却极具新意，"窦女死含冤三岁，要等到功名爷归。六月雪飞天黑，竟没人愧天怀威。"（〔双调·阿忽令〕《窦娥冤》）窦娥无辜被处极刑，楚州府的其他官员难道不知道她冤吗？对窦娥知根知底的邻居们也不知道她冤吗？他们都知道，但却没有一个人出头为她喊冤抱屈，若没有一个做上了肃政廉访使的父亲，她的冤案一定永远没有昭雪的那一天，由此可知，当时的社会是多么地黑暗啊！

元曲中的优秀之作，都能表现出作者的愿望、秉性、气质，让读者看到活生生的他们，如关汉卿的〔南吕·一枝花〕《不伏老》："我是个蒸不烂、煮不熟、捶不匾、炒不爆、响当当一粒铜豌豆，恁子弟每谁教你钻入他锄不断、斫不下、解不开、顿不脱、慢腾腾千层锦套头。"在勇先生的作品，也同样表现出了他是一个什么样的人。我和在勇先生仅是工作上的关系，对他的经历、生活基本不了解，但从他的曲作中，我了解到了他的品性，他在〔仙吕宫·哪吒令过鹊踏枝寄生草〕《斥奸人》中对奸邪之人的嘴脸与行径作了这样的描摹："（舆论起）谰言啸耳边，（书本开）妖风扑面前。（对同胞）骄恣嘲众浅，（见洋人）卑膝谄鬼前。（听其言）空颅踩马先，（观其行）荒心长草前。……（这等人）原多欲，（识浅）故弄玄。（无非他）卑俗才把浮华眩，（无非他）肤学才把真知贬，（无非他）自欺才把良心骗。（终究是）江河万代尽东流，（笑尔曹）身无骨格人轻贱。"他所斥责的，自然是他深恶痛绝的，而他所做的，一定是与之相反的。从其作品中，我还知道他喜爱山水，兴致高时，常与朋友一醉方休。

元曲的表述，不像汉赋那样严整，也不像唐诗那样正经，就是和词相比，也没有那么多规矩。它像一个少年，在春风中欢快地歌唱；也像三五个乡村婆娘，在豆棚瓜架下闲谈，是自由的、活泼的、充满着生气的。如兰楚芳的〔南吕·四块玉〕《风情》："我事事村，他般般丑。丑则丑村则村意相投。则为他丑心儿真，博得我村情儿厚。似这般丑眷属，村配偶，只除天上有。"在勇先生的曲作语言也是一样，散发着浓郁的生活气息，甚至有市井的声调，如回忆童年过年的快乐情景："（年三十儿）多捞些糖块猛唆甜，（小眼神儿）巴巴厨下瞻。汤饺烫吃整三盒，屋外烟花念。灭了呲呲焰，（等把那）鞭炮（屁丁儿）捡。"（〔双调·快活年〕《老年间》）

《韵成入乐》的压卷之作是杂剧《元文宗海角青

梅恋》，从社会效益上讲，比起散曲，意义更大。因为他是根据海南民间盛传的元文宗图帖睦尔的传说创编的，今日的海南定安、琼海、五指山等处还有不少图帖睦尔的遗迹，这个剧若是用琼剧搬演，思想教育与艺术审美的作用就不用说了，对于弘扬琼崖地域文化、发展海南旅游经济，那真是功莫大焉。那么，它是否符合舞台的要求呢，将它和明清时期一些文人所作的只能用于案头阅读的杂剧一比较，即判然有别，因为它也是按照元杂剧美学特征来创作的，关目曲折有致，语言本色当行。

对于这样优秀的作品，我是没有资格作序的，仅以拜读后的粗浅心得代为序。

朱恒夫

（戏曲史家，上海戏曲学会常务副会长

教授、博士生导师）

2022 年 11 月

兀的不棒棒哒也么哥！
林在勇《韵成入乐》出版代序

不必屈指算来，我便知道自己认识在勇兄已三十七载有余了——1985 年 9 月，我和他相识在丽娃河畔。当时，我们都是华东师范大学中文系的大一新生，所不同的只是，小女乃怯生生的"外地人"一枚，而在勇兄却是华师大二附中出身免试直升的天之骄子，用现在的话来说，端的是神一般的存在——在我们八五级，在勇兄不仅年齿居长，学业优异，言行更是沉稳老练，乃名副其实的"大班长"。印象中，他经常作为学生代表上台发言，还主办文艺理论刊物《太阳河》，嘴里、笔下经常有让小女子如我备感高深莫测的成串名词或术语，如"内圣外王""维特根斯坦"，等等，总之是如假包换的名门正派嫡传子弟，又表里如一，正直宽厚颇具长兄风范，永远是可信赖可倚恃的朋友——这一点，似乎在我们一起直升研究生，赴金山石化总厂锻炼期间，更为凸显。

光阴荏苒，仿佛一眨眼，我们毕业已整整三十年了。和大部分同学一样，在勇兄和我都在高校工作，隔着一条沪杭线，我们各自慢慢地鬓生二毛，越来越深入中年。我眼中的林兄长在勇同学一直深耕双肩挑赛道，兢兢业业，出类拔萃。而小女子不仅才疏学浅，更兼生性散淡，站讲台之余常给副刊写点豆腐干，间或出本传记或散文集，有的是科研的副产品，有的是教学的衍生品，自娱自乐罢了。虽然在参加散曲研究会的学术活动时，我常因涉足创作而"优先"被建议甚至要求尝试写点散曲，但自忖委实志疏才更浅，终究未敢一窥文言文创作之门径。

三十春秋以来，我和在勇兄联系不断，但真正传统意义上的重逢却似乎有且仅有一次，那便是2009年的本科毕业二十周年同学会，记得盛会星散后，还曾劳他送我至火车站。不过，面晤虽稀，"线上"的联系却不少，比如，他主编丛书找我参与，抑或我在学生中发现了好苗子意欲推荐报考母校的研究生，自然也毫不犹豫地会找在勇兄等几位留校的同学咨询和指导。印象中，随着职务的频频升迁，在勇兄越来越忙于学校管理事务，学术撰述只能忙里偷闲挤时间，十分不易，令我好生钦敬。老同学之间交流自然无拘无束脱略行迹，我联系他必定直奔主题不绕弯子，他联系我也有一说一，从未有过一丝一毫的行政套路官场口吻。记得，有一次在勇兄给我的信函，竟是写在随手撕下的一角用过的纸的背面，行文匆匆字迹草草，道是捡会议间隙急急命笔，好在辞能达意即可，亦知我不仅能明了其意，更断不会因此而生罅隙；有一次，他到杭州开会，本欲趁机找我和其他在杭同学小聚，却无奈"身在樊笼"而"俗事"冗冗，比那《玉簪记》里的潘必正忙上千倍万倍，端的无暇"整理冰弦"，遑论与昔日同窗闲坐湖畔，品茗畅叙别情？！于是，只能打个电话聊作"神聚"，兀的不乐煞人也么哥……

记忆中，在勇兄和我史上最具戏剧性的一次"神聚"，非 2016 年 9 月莫属——当时，纪念汤显祖、莎士比亚、塞万提斯逝世 400 周年活动在汤翁临川故里——江西抚州开幕。 24 日晚，汤公显祖的诞生 466周年当夜，我作为与会学者观摩了上海音乐学院演出的音乐剧《汤显祖》——该剧用戏中戏的方式展开故事，在舞台上还原戏剧大师汤显祖的其人其作、风韵风骨。令我倍感惊喜的是，该剧的词作者恰是时任上海音乐学院院长的在勇兄！当时，我窃喜之余还想当然地以为在勇兄乃职责所在又不忘中文学子之初心，忙里偷闲亲自操刀，堪称佳话一桩，却浑不知在勇兄早在二附中时期就开始了创作生涯，而且是白话、文言兼擅的全能选手。

在抚州的那几日，我和林兄在勇频频短信、微信神聊，满心以为定能重聚当面畅谈，不料竟又屡屡擦肩而过，未能实现历史性的会晤，憾甚。不过，在勇兄于学术研究之余也涉足创作，这个"新"印象，我倒是深深地刻下了，且暗暗欢喜了许久——有如此优秀的老同学为创作同道，小女子得附骥尾，岂不与有荣焉？！可惭愧的是，彼时的我越发疏懒成性，已经几乎停下了创作的脚步。于是，面对在勇兄的大戏弘文，窃喜之余，心中亦愧恧不已。

不过，更令我惊讶和羞惭的是今年上半年，在那个属于上海的特别的春天——数月如一日坚守在办公室抗疫，睡沙发、吃盒饭的在勇兄忙里偷闲给我布置了一个新任务：给他的新书写序！什么书呢？并非学术专著，而是散曲和剧曲的合集《韵成入乐——散曲、杂剧二百曲牌》——在勇兄将多年来创作的古体诗、词、曲分别结集，交由母校出版社付梓，《韵成入乐——散曲、杂剧二百曲牌》便是其中的最后一册。原来，在勇兄学生时代便开始赋诗填词，坚持半生，成绩斐然，令人舌挢不下！原来，优秀如斯的在勇兄和碌碌无为的小女子一样，在进华东师大求学之前便喜欢上了创作，数十年来专研古体深悟三昧，忝为老同学，我竟丝毫不知，端的惶恐万分。当然，惶恐的还有，区区在下的专业虽是元明清戏曲，却自度决无才力驾驭曲牌，多年来一直在古体创作的门外逡巡再三望而却步，始终未敢擅入。于是，我开始认真拜读在勇兄的皇皇巨著，在惊讶、钦佩、欣喜和惶恐之余，仿佛也重新认识了这位相交近四十载的兄长式同窗学友。

毋庸讳言，现当代人以古体进行创作，在勇兄绝非第一人，也不可能是最后一人。比如我比较熟悉的女曲家陈小翠，她出生于清末，"文革"期间遭受迫害，两次逃离上海均被抓回，最终毅然决然选择了和老舍等文化名人一样的人生终点。这位倚翠楼主家学渊源，一辈子坚持用文言文写作，诗词曲兼擅，和同时代的女作家丁玲、冰心、林徽因等在创作的语言和文体等方面做出了截然不同的选择，别具大家风范。其《翠楼吟草全集》二十卷，包括诗集四卷、词集十三卷，和散曲剧曲集《翠楼曲稿》，其笔底不仅有春花秋月、闺怨乡愁，也有抗战风云、国仇家恨，文体虽旧，内容却颇具时代性，令人击节叹赏，吟来口角噙香。而在勇兄的曲作显然亦如是。换言之，在勇兄腕底的散曲既真且雅，题材既有〔正宫·黑漆弩〕《牡丹亭》、〔中吕宫·喜春来〕《元日》、〔中吕宫·四边静〕《汉宫秋》和〔双调·碧玉箫〕《拜三义庙》等伤春悲秋、思古感怀等"老面孔"，也有〔正宫·甘草子〕《快递工》、〔中吕宫·朝天子〕《杠精》和〔时新乐〕《庚子辛丑》等一望便知不仅属于当代更属当下的"最新面孔"，内容非常贴合作者和时代的生活日常，语言或晓畅清放，或俗极而雅，无不尽显曲之本色。

在勇兄在创作音乐剧《汤显祖》时曾强调，也许汤显祖所遭遇的官场沉浮、人生际遇在古代有良知的知识分子身上比比皆是，但可贵的是，汤公不仅始终未曾沉沦，而且不断追求真善美，最终取得了巨大的文学艺术成就。也正因汤显祖代表了中国文化中最值得骄傲的人格和精神气质，所以当下的我们需要重新认识他、读懂他，而请汤公登上舞台"夫子自道"，便是上佳的选择。对此，小女子深以为是，私心里还亟盼在勇兄的《汤显祖》能早日以戏曲的形式呈现在红氍毹上，如昆剧、赣剧或江西采茶戏。而关于汤公及音乐剧《汤显祖》的"自述"，窃以为完全可以视作在勇兄笔耕不辍的心声。换言之，因为众所周知的历史因缘，元曲大家大多沉沦下僚，鲜有高官显宦，而明清曲家的遭际虽比"医户"出身的"兼职"编剧关汉卿和终身未仕的白朴等要强上一些，但精神上的压抑折磨却绝不亚于柴米油盐的困顿，于是他们也忍不住以散曲、剧曲的形式宣之于纸，给后人留下许多锦绣华章。而生于盛世的在勇兄之所以选择冷门的"曲"作为创作体裁，除了敬慕先贤手追心摹以外，更是对中华文化由衷的礼敬和为弘扬传统文化做出的一份坚韧可喜的努力。正如在勇兄所言："由诗而词而至于曲，大有可深悟之处。写写诗文词曲，或许没有什么伟大，不能改天换地、经天纬地，我写写它们，就只因为我由衷赞叹我国家民族，为我华夏拥有这样一种举世无匹的语言文字，为其中蕴含的美学与哲理而五体投地。古往今来有那么多有才情的人，他们在天有灵，知道子孙后代在用他们的方式向他们致敬。"

用先贤的方式向他们致敬，真好！

在勇兄，兀的不棒棒哒也么哥！

郭 梅

2022 年 11 月于杭州西溪

探玄 · 辨体 · 入妙
林在勇先生《韵成入乐》读后

　　词、曲之别，前人讨论很多，多数是从音乐性、声律、创作者群体、题材等角度切入，明确这两种"合乐可歌"的文学样式的体式差别和各自特征。然而在当代人实际创作中，兼擅词曲的作家并不多，这大抵是因为创作者本身有着一种偏好或者惯性，"破圈"是一件非常困难的事情。因此林在勇先生《韵成入乐——散曲、杂剧二百曲牌》一书的出版，不仅应当视为当代曲子创作中的一项重要成果，而且从林先生词、曲的创作实践中，我们可以看到他作为一名成熟的研究者对于这两种文体独特的辨析力和领悟力，以及由此形成的宝贵经验。

　　词曲之辨，对于创作者来说是一个传统的难题，即使以在曲子成为"一代之文学"的元代，这个命题也曾困扰过创作者。

元代词人往往混用曲牌。在元人词集中每每杂入曲调。如张弘范用《天净沙》作"梅梢月"，用《殿前欢》作"襄阳战"，仇远《无弦琴谱》中收《八拍蛮》，等等。小令的曲牌看似与词牌相似。实则平仄韵脚均不相类，小令的音乐背景与词亦有不同。诚如清人万树在《词律》凡例中云："若元人之'后庭花'、'干荷叶'、'小桃红'（即平湖乐）、'天净沙'、'醉高歌'等俱为曲调，与词声响不侔，倘欲采取，则元人小令最多，收之无尽矣……"杂用曲牌，说明元人对词与曲之间的界限实际并不分明。

不仅如此，元词在语言上也浸染了曲风。词与曲的语言原是有一定区别的。简言之，词用字近雅，曲用字近俗，词用字宜含蓄，曲用字不妨直露。然而元人词的语言却常常不避俚俗与直露，试将元人吴镇的《沁园春·题画骷髅》与宋人吴文英的《思佳客·赋半面女髑髅》作一比较即可见分晓：

漏泄元阳，爷娘搬贩，至今未休。吐百种乡音，千般扭扮，一生人我，几许机谋。

有限光阴，无穷活计，汲汲忙忙作马牛。何时了，觉来枕上，试听更筹。

古今多少风流。想蝇利蜗名谁到头。看昨日他非，今朝我是。

三回拜相，两度封侯。采菊篱边，种瓜园内，都只到邙山土一邱。

惺惺汉，皮囊扯破，便是骷髅。

（吴镇词）

钗燕拢云睡起时。隔墙折得杏花枝。青春半面妆如画，细雨三更花又飞。

轻爱别，旧相知。断肠青冢几斜晖。断红一任风吹起，结习空时不点衣。

（吴文英词）

前者全然不加修饰，信口直出如"爷娘""扭扮""皮囊"等口头语，风趣有余而余韵不足。后者则优雅含蓄，若无小序，几乎令人难以想到作者究竟写的是什么。同样是为了表现人生的虚无，一俗一雅，判然有别，其中分野正是因为创作者观念中从俗和尚雅的不同。元人的"词曲相混"在文本层面清晰可见。

在勇先生为诗词名家，从他出版的诗集《雅颂有风——近体古体诗三百零五首》、词集《比兴而赋——词牌创作三百零五例》中我们可以发现他对于诗格、词体精严审慎地辨析，落实到文本中，表现为守律严谨，题材裁剪得宜，情志表达"从心所欲不逾矩"。特别在词的创作中，在勇先生对于词格、词律、词用的把握可谓炉火纯青。因此，当我们品读《韵成入乐——散曲、杂剧二百曲牌》这本曲子集时，难免会有一点担心，传统的难题是否能被他的凌云健笔所化解？

展卷细读，令人击节。在这本曲子集中，收录了61支小令、22支带过曲、57个套曲和一部剧曲，给人的第一印象是"像"，许多作品置于元人的曲子集中，可说难分伯仲。例如〔中吕宫〕〔上小楼〕《自斟歌》：

山中看他，花间闲个。

风颂来诗，兴赋成词，天韵当歌。

出白窠，躲网罗。心游神逻，莫辜负这番经过。

风调口吻绝似元人，若与元人任昱《上小楼·隐居》同看，情致如出一辙：

荆棘满途，蓬莱闲住。

诸葛茅庐，陶令松菊，张翰莼鲈。

不顺俗，不妄图，清风高度。任年年落花飞絮。

当然，"像"只是这本曲子集给人的最粗略印象，作家更为人所称道的对曲子体式特性的把握，这也正是其创作的核心价值所在。何谓体式特性？我们把它和同为音乐文学的词放在一起看，从"合乐"的角度来说，词是依托燕乐而成的，散曲则是依托北方少数民族音乐而生，套数则以燕乐和诸宫调为依托。因为依托的音乐形制不同，"乐"的不同质性反映在文本上，形成了词调曲折深细婉转，曲调明爽直白发露的特征。即使内容、取材完全一致，词曲给读者的审美感受也是不同的。这一点，在勇先生的把握十分到位。

我们来品读一下他的词作《锦缠道·观赛马》和〔商调〕〔集贤宾〕《人马情——申影〈哈日夫〉》，同样写马，两者呈现出了迥然不同风貌：

立马郊原，但见女儿风采。正缨冠、白衣金带，赤骝英气红尘外。策纵随缘，一体如神在。

似闲庭踏阶，更须谁赛？驭吾心，古贤姿态。日炽炎、收汗成云，缓辔归来际，释念相亲爱。（词）

抹深云又将星月卷，长夜草风天。青苍苍、惯行如径，暗黢黢、莽野无边。

方闻听弃马正嘶喧，才思量去处似呼言。紧寻摸弱弱儿驹卧前，怎晓他造孽孤单。（直直地向阿爷来）近怀知自喜，亲面惹人怜。（曲）

　　在词作中，作家以精致华丽的铺陈描述女骑士的飒爽英姿，人马合一，驱策如风的情状如在目前。全词的警句出于下阕，"驭吾心，古贤姿态"。驭，有控制、制约之意，从驾驭马匹联想到节制内心，有古儒者之风，令人联想起《荀子·正名》里所说的："欲虽不可尽，可以近尽也。欲虽不可去，求可节也。所欲虽不可尽，求者犹近尽；欲虽不可去，所求不得，虑者欲节求也。道者，进则近尽，退则节求，天下莫之若也。"人的欲望渴求得到满足，若无法满足则需适当节制。进退之间，从容有度。词写赛马，但兴近而旨远。全词用语典正，体现了尚雅的审美观。而在曲子里，作家熔铸了北方民歌的意境，"抹深云又将星月卷，长夜草风天。青苍苍"可以和《敕勒歌》的"天苍苍，野茫茫"对读，苍朴之气，弥漫纸上；"近怀知自喜，亲面惹人怜"两句，至情至性，感动人心，写出了马驹与牧马人之间犹如亲人的情感。语辞明白如话，生动朴实，穷形尽相，有丰富的画面感。

　　在勇先生的曲子与词风貌迥异，这样的创作实践不仅具有文学价值，更具备了学术价值。陈伯海师曾说"选、编、著、考、点评、论、作"都属于学术研究的范畴。前几种很好理解,也有无数学者的研究实践荟萃于此,唯有"作",因为成果的"特异性",一直以来被视为"另类"。

其实,一位作家的文体观、审美观甚至文学史观都可以通过创作得到清晰的展现。作家对文体特征精微深细的考察和对文体差异敏锐的把握,会通过作品的言、象、意,以直观的方式呈现出来。这不仅传达了创作者本人的学术观念,更留使后来者在探究义理的同时得到详实的文本范式参照。从这个角度来说,一位卓越的创作者及其作品是学术史大厦建构中不可或缺的"要件"。当我们将林在勇先生的词、曲集放在一起对读时,我们是不是可以发现他对当代中国诗学史研究所作的独特贡献呢?

词之美,要眇宜修;曲之妙,尽态极妍。词不必有曲之风趣,曲不必求词之深婉,各得其体,各美其美,方证大道。我想,这就是在勇先生要告诉我们的。

傅蓉蓉

2022 年 11 月 1 日

一、散曲小令（83 曲牌）

1. 小令（61 曲牌）

〔黄钟宫〕〔人月圆〕 收藏

人间富贵堂前燕，
来往恰春时。
衔泥含血，
营巢画栋，
飞去何之。
〔幺篇换头〕
斯文万世，
赤心一寸，
公器谁私。
在天何事，
在吾孰欲，
遗后人思。

〔黄钟宫〕〔红锦袍〕 女儿家

这女子天生会瞎撒娇，

万般胡乱闹，

没由地惹出恼。

嗔蛮不用教，

闲气断难消。

哪懂个悖理饶情，

（莫不是）乖乖儿才罢，

将就小脑瓜庸自扰。

〔黄钟宫〕〔贺圣朝〕 黄昏后

惊对眸，

噎何言吞了喉。

未见人时原是愁，

待知心儿更口羞。

手把住小辫儿揪，

零一个指头尖还可劲（儿地）抠。

〔黄钟宫〕〔昼夜乐〕 凭酒勾欢

凭酒勾欢作少年，

成仙成仙。

便何挂何牵，

糊涂里江湖去远。

叹张飞也做了平原县，

陶彭泽赌气归田。

两样眠，

醉醒谁颠。

费解的先贤传。

〔幺篇换头〕

宕开宕开漫笔另篇。

锋转，

方圆方圆。

自画个歪圈，

（合住咱）诗心入茧。

把章钤、也污纯素笺，

添蛇足、类犬皆然。

来眼云烟，

来眼云烟，

去了后，无相见。

〔正宫〕〔甘草子〕 快递工

寒冬雨，
洗脸兜头淅沥沥奔波路。
汗久收、人忙做，
臂扛货、脚轮车，
歇喘儿声声楼层五。
哀民生谁做主，
世有劳闲与乐苦，
看落个唏嘘。

〔正宫〕〔汉东山〕 两相剩

银钿挣几多，
模样看行么，
身家问如何。
矫情也么哥，
便把婚姻事蹉跎。
傻乐呵，
趴被窝，

总闲著。

〔正宫〕〔塞鸿秋〕 顽童趣

平生都在顽童趣,
浮沉未断苍生虑,
乐忧还引兰亭序,
暑寒更写春秋句。
人生总有拘,
一往浑无惧,
多情世里轮回去。

〔正宫〕〔黑漆弩〕 牡丹亭

侬家衙府园中去,
觑了个想不到的佳处。
奈何天、满院良辰,
却把春光封堵。
〔幺〕

怎能知、感景伤春，

我托又将谁付。

牡丹亭、世世生生，

愿可死、郎情紧处。

〔大石调〕〔百字令〕 当春

立春时令，

愿风花各好，

人天无恙。

今岁欢来谁做主，

尽作祥和模样。

在我都安，

有情皆利，

凡此欣欣象。

龙抬头早，

更加云雨疏宕。

〔大石调〕〔初生月儿〕 星空

初生月儿有处寻，
傍晚相随西日沉，
耍呆儿仰看冷夜深。
少年心，
天籁音，
蓝穹上点点星金。

〔小石调〕〔天上谣〕 智慧

造物默天机，
人事劳心力，
总看他男怪女奇，
想明白算甚东西，
又何曾多寡高低。
夜来生昼，
云来作雨，
宇宙囊皮。
把本来所主自由身，

还安三摩地。

〔仙吕宫〕〔一半儿〕 小寒

小寒凝雨雾犹徊，

老树含苞春许开，

疑雪作霜晨也白。

待晴来，

一半儿彤云一半儿霭。

〔仙吕宫〕〔游四门〕 防疫

疫来知起未知终，

（闷煞人）捱过第三冬。

今春把个瘟神送，

新冠又抽风。

朁，

三月此遭逢。

〔仙吕宫〕〔四季花〕 虚实境

总将虚境做实看，

人我托其间。

问何尝雨斜非用伞，

风正固张帆。

便张帆，

有等无等又千番。

〔仙吕宫〕〔三番玉楼人〕 少妇教子

原本无烦恼，

早底子几多娇。

养个娃儿罪自找，

（看功课）鸡飞娘跳。

气怎消，

火腾烧，

你中文也真的体育教？

整天犯浑你都记了毛？

你当开顽笑？

（欠揍的）还怪我唠叨？

〔仙吕宫〕〔锦橙梅〕 猫儿

蝶扑扑的草上飞，
鸟飞飞的树旁追。
见他才咋个浪翻天忽又捲怀中睡。
困惺忪的瞟著半扉，
娴古鲁的撩著深闺。
整出好伶俐恼人眼眉，
（爱谁谁）怎的荡摆花梢儿尾。

〔仙吕宫〕〔太常引〕 晨兴

鸟喧鸡唱隔江东，
日将出、驾云龙。
破雾半江红，
回一束光达上穹。

〔中吕宫〕〔上小楼〕 自斟歌

山中看他，
花间闲个。
风颂来诗，
兴赋成词，
天韵当歌。
出臼窠，
躲网罗。
心游神逻，
莫辜负这番经过。

〔中吕宫〕〔朝天子〕 杠精

惹憎，
厌听，
悖理（才恁般）多豪横。
粗知二三满瓶盈，
万事（都在）簧舌上逞。
做（了）个杠精，

得（了）个傻名，

（笑看他）难哉自己儿醒。

（一忽儿）这争，

（一忽儿）那争，

（端的）好似精神病。

〔中吕宫〕〔喜春来〕 元日

晓风吹雪天如洗，

对鸟鸣晴树可依，

冷香匀墨画何题，

正月里，

酒醉写花期。

〔中吕宫〕〔四边静〕 汉宫秋

君行西口，

好似单于不是仇。

诸臣谁丑，

元皇何咎，

男儿的羞，

却只说毛延寿。

〔中吕宫〕〔乔捉蛇〕 春蛇醒

蛇自歇盘虬，

人惊徙迤。

（看他头）微兹微些伸延舌，

（看他背）垄高垄低抖拱脊。

翻一记，

拽一记，

身儿横地起，

眠子醒来早晚把青云梯。

〔中吕宫〕〔卖花声〕 读史

座席听讲常惊诧，

纸笔留痕半矫夸，

史家托寓信能达。

虚谀多诈，

街谈非假，

最难来腑心真话。

〔中吕宫〕〔四换头〕 四时花

流年比水，

未觉花期去了回。

樱飞催泪，

莲香侵髓，

菊开秋雨却霏，

梅挺冬霜有悔。

人又老、添新岁。

〔南吕宫〕〔四块玉〕 画春

翰墨分，

丹青尽。

恼春雨，

惊春雷，

怨春人，

向三春刻画无名恨。

上下寻，

前后认，

来去魂。

〔南吕宫〕〔干荷叶〕 雨花石

樱花池，

雨花石，

血漾同风致。

为相知，

总成痴，

人间真爱各妍媸，

许个生生世。

〔南吕宫〕〔金字经〕 天目山

遥向禅房径，

半由云树程，

雾霭难分又一层。

亭，

苍山雨后晴。

蜂花静，

木鱼声诵经。

〔南吕宫〕〔玉交枝〕 诗人

（一世界）时喧时静，

（纷纷来）虚实光景。

吾心日拂明如镜，

照恒河沙数生。

天何不道听物呈，

情当毕见将心证。

笔墨间前尘落影，

诵吟就今人遇境。

〔双调〕〔蟾宫曲〕 闻道园立冬雅集

吸深云、雨破天霜，

古榭临风藉水流觞。

玉气泱泱，

仙鹅朗朗，

金鲤忙忙。

落几笔、樽前可想，

唱三行、诗底能藏。

唯澹方长，

有闻宜香，

好酒凇阳。

〔双调〕〔骤雨打新荷〕 长江治理

浩荡奔腾，

要向天高海阔，

无尽风流。

一江豚跃，

新政禁渔舟。

好教青山绿水，
与千古歌吟同寿。
念宇宙，
正来长去远，
写下春秋。

〔双调〕〔山丹花〕 拟苏州情歌

船儿两向撑不开，
唔好哉！
唔好哉！
咣啷喤奈末好哉！
讨厌冤家来，
挨过来。

〔双调〕〔鱼游春水〕 西厢记

悄然楼台，
对空阶，

心寻思他品貌人才。
红娘话怎么著将咱恋爱，
惹得我疑猜。
（这会儿）人家有心待，
（偏那个）冤家又不来。

〔双调〕〔阿忽令〕 窦娥冤

窦女死含冤三岁，
要等到功名爷归。
六月雪飞天黑，
竟没人愧天怀威。

〔双调〕〔华严赞〕 古今谈

心高梦暂，
海北天南。
自须纵酒作酕醄，
都付古今谈。

醒来参，
又多个醉后忏。

〔双调〕〔枳郎儿〕 恨国的

扯闲愁，
扯闲愁你总恨咻咻，
不以为非酸更馊。
心胸拘囿，
怎知沧海大江流。

〔双调〕〔十棒鼓〕 壬寅春

将瘟冬化了，
才见春朝。
称躺平放倒，
欧美高著。
共生任死，
任死他也俏？

疑氛长耗，

民生国计如何好？

风声呼啸，

俗言诡语，

诡语生乱扰。

恨源流叵告，

内外纷争终未少，

左右烦恼。

〔双调〕〔对玉环〕 为己之学

为己孜孜，

长怀万世思。

有念兹兹，

染尘拭去之。

都交命与时，

云烟飘到此。

总是忙著，

身心耳目觜。

偶尔闲来，

神情风月诗。

〔双调〕〔庆宣和〕 欠打

油嘴滑舌惯出花，
老账如麻。
又卖机灵耍人家，
欠打，欠打。

〔双调〕〔得胜令〕 左文襄

瞻拜左公疏，
见识万年图。
小智多逐末，
孤忠未变初。
持符，
一战通西路。
平胡，
其功追汉武。

〔双调〕〔得胜乐〕 娘亲怨

闲气杀，

何须问，

莫与他来认真。

到得新娘儿进，

自顾个忘娘亲。

〔双调〕〔春闺怨〕 抱猫

恃宠争风，

矜娇卖小。

怜香惜我共夕朝，

知心觉趣都周到。

挨个挑，

还没寻著，

前昝抱只猫。

〔双调〕〔大德歌〕 梦海南

踩碧沙，
挽仙艖，
汐湾是我家。
梦里还牵挂，
椰风浸晚霞。
当时海上夕阳下，
谁与共天涯。

〔双调〕〔阿纳忽〕 读书郎

雨意个遛达，
手势的耄划。
总道风声正关天下，
书里头把痛痒拿抓。

〔双调〕〔皂旗儿〕 自忽悠

梦里江天一座山，
非凡。
仁而有智乐双关，
呵，真自个来悠儿谩。

〔双调〕〔碧玉箫〕 拜三义庙

兄弟桃园，
义气比云天。
完终如先，
生死数十年。
一时欢、事未圆，
千秋后、衷未掩。
行践言，
及身当劝。
到此有缘，
取酒将三贤奠。

〔双调〕〔袄神急〕 少读水浒

翻毛棉楦靴，
冷柄铁身钺。
读完水浒，
咱家出、踏冻雪。
思量闻虎在冈，
当作山中猎。
林冲懦，
吴用邪，
武松才只个只，
（旋风劈群虎）看大斧爷爷。

〔双调〕〔快活年〕 老年间

（年三十儿）多捞些糖块猛唆甜，
（小眼神儿）巴巴厨下瞻。
汤饺烫吃整三奁，
屋外烟花念。
灭了呲呲焰，

（等把那）鞭炮（屁丁儿）捡。

〔双调〕〔新时令〕 春申吟

记当初轻帆使春船。

临到了春仲雨涟涟。

一半江东，

春风未肯怜。

另半城西，

春浅寒倒缠。

春心犹不还，

红桃绿柳自闲天。

情知措手然，

理合出步先。

枉费春时，

花都萎了万千。

快点翻篇，

早愿冷冷渐暄。

〔双调〕〔河西六娘子〕 琵琶行

自古悲欢托乱嗣，

琵琶调浔阳潮，

共伤情还似妆容上俏。

曾惯赚红绡，

今欲恨商侨，

枉青衫泪滥抛。

〔双调〕〔秋江送〕 叹俗人

多脾性，

少道理，

大迷糊小算计。

身作器，

行还羁，

透亮的自心儿总未及。

因乖些大体，

下出臭棋。

眼短见毛皮，

俗忙泯天机。

（镇日介）狗咬犬、呵猫还骂鸡，

心不足已，

（怪不得）惹来闲气扯东搅西。

〔越调〕〔小桃红〕 梅老春来

一冬玉树雪中精，

香瓣曾相映。

春气冰销水流剩，

晚花倾。

想梅老去人知命，

东风又兴，

新桃将盛，

三月最伤情。

〔越调〕〔凭阑人〕 上海中心百二层俯瞰

云里江城天上观，

身外烟空心下抟。

眼高何用欢，

手平还自宽。

〔越调〕〔酒旗儿〕 上巳节

首巳期嘉春，

三月初三日。

风颂里几多痴，

怎好处白读了也未知。

泼水儿女沐风生高致，

竟还多想将风流上释，

无邪也应似醇熙治。

〔越调〕〔霜角〕 祭亡亲

今祭青冈，

懂些苏子伤。

老了几回秋树，

风篷篷，叶黄黄。
雁行，
云色苍，
看多还莽茫。
父母昨来梦中，
欢犹在，更悲凉。

〔商调〕〔玉胞肚〕 梧桐雨

羞惭谁脸，
则与了花落月掩。
再莫须掀帘，
晴晨雨夜怕虚瞻。
滴来听、天泪点。

〔商调〕〔芭蕉延寿〕 宁波盛园

盛园惆，
天封佛塔远湖洲，

海曙林家近性楼，
琴香蕉爱存故鳌。
今谁知，
翻案休。

〔商调〕〔秦楼月〕 子瞻月

明明皎皎思千年，
思千年，
一句全到，
万里婵娟。

〔商调〕〔凉亭乐〕 一场风

行天落地一场风，
（再大的）过了无踪。
（哪当得真）外物时常变不同，
（还仿佛）祸福都来共。
（毕竟的）无他甚事，

忧欢与乐恐。

（知的么）万法皆空，

万法皆空。

起灭从，

缘缘动，

因果中。

〔时新乐〕 庚子辛丑

庚年往事辛逢丑，

嗣岁回春阳来复。

风云激荡猷，

澄清霾宇待从头。

好合赡洲，

江山依旧。

甲子又重周，

甲子又重周。

〔丰年乐〕 念弟

丱岁相嬉，
壮多离。
泛友日齐，
血亲星稀。
总情侬，
必有缘为兄弟。
约将归休际，
窗下棋。

〔三棒鼓声频〕 新月清明节，步元曹明善韵

神仙遇也，
阆苑开着，
缈难画写，
幽作风赊。
痴心有意念记些，
寻个谁说。
纵星稀却有灯依月，

还映长夜。

东方斗杓时欲热，

来指魁杰。

凝神目花飞乱雪，

人世纷遮。

当能定策儿须在舍，

得空邀诗社。

岂将杂事缠，春心折，

春老也、驻颜当趁节。

附：〔三棒鼓声频〕 先生醉也

[元] 曹 德

先生醉也，

童子扶着，

有诗便写，

无酒重赊，

山声野调欲唱些，

俗事休说。

问青天借得松间月，

陪伴今夜。

长安此时春梦热，
多少豪杰。
明朝镜中头似雪，
乌帽难遮。
星般大县儿难弃舍，
晚入庐山社。
比及眉未攒，腰已折，
迟了也、去官陶靖节！

2. 带过（22 曲牌）

〔正宫〕〔脱布衫带过小梁州〕 饮得弃疾子
昂意

想何须暮气横秋，
又何如谑谐嬉逗。
更学来几瓢淡酒，
将潇洒彻身浇透。

滋味初尝总写愁，
愁也遍才作休休。
说无还有忘从头，
虚添寿。
自荒了耍吴钩，
心宽体胖难哉瘦。
少年忙老来优游，
望上下瞻前后。
怅各限宇宙，
揣小帕立高楼。

〔仙吕宫〕〔哪吒令过鹊踏枝寄生草〕 斥
奸人

（舆论起）谰言啸耳边，

（书本开）妖风扑面前。

（对同胞）骄恣嘲众浅，

（见洋人）卑膝谄鬼前。

（听其言）空颅踩马先，

（观其行）荒心长草前。

（戆兮兮）竟生些指点豪，

（恨歪歪）哪来个乡邦怨，

（想来来）莫非他愚蠢痴颠。

（还看他）造篇篇，乱编编。

（掩不住）迷信西洋，满纸胡言。

（算）诞妄处唐突宪典，

（逞）骄狂里得罪人天。

（这等人）原多欲，（识浅）故弄玄。

（无非他）卑俗才把浮华眩，

（无非他）肤学才把真知贬，

（无非他）自欺才把良心骗。

（终究是）江河万代尽东流，

（笑尔曹）身无骨格人轻贱。

〔中吕宫〕〔十二月过尧民歌〕 过年

除夕不醒，

正旦初醒。

（斟些杯）贪欢酩酊，

（遇几个）可劲折腾。

（知心的）情缘满盈，

（愿一岁岁）乐不消停。

且抛成败躺平平，

合把功名看轻轻，

学他胖虎躺赢赢，

笑我呆鹅扑腾腾。

明明，

皇天不正经，

（好教）人耍孩儿性。

〔中吕宫〕〔齐天乐过红衫儿〕 合婚生子

功名有赖儿孙，

自古蠡斯训。

何因？

闻千载遗芬，

纵三秋老去还春。

当真？

许光前于今，

知裕后在人。

世世生机，

代代精神。

国事中言，

家庭里论。

兴替又长存。

今日鸳鸯眷，

明岁麒麟孕。

好婚姻，

好根身，

好时辰，

个个生来俊。

享天伦，

想天人，

有味方才细品。

〔中吕宫〕〔醉高歌过摊破喜春来〕 春猫

疏星朗月春寒，

诗酒归来又晚。

迎风听水糊涂犯，

遥指灯窗醉眼。

花间三吼惊凶悍，

楼底双猫争霸蛮。

乱清夜扰酣眠，

判幽情生挤兑，

知有欲总难安。

烦又烦，

追咬赶，

喵一叫落只单。

〔中吕宫〕〔山坡羊过青哥儿〕 相亲

刀枪棍棒，

吹拉弹唱，

能文能武明星相。

有车房，

又贤良，

媒人嘴里天花降。

意外来如颁大奖，

郎，

听任讲，

娘，

随便想。

心头怦怦儿撞，

帅哥哥怎个模样，

备好咱家俊俏装。

衣短衣长，

应圆应方，

突噜忙慌，

忐忑烦快。

百遍相看镜中妆，

044

还嫌胖。

〔双调〕〔一锭银过大德乐〕 虾蟆歌

听井底邪声闹咬哇，
坐一个虾蟆。
低声谄、高音贪霸，
整天呱嗒。

弄鬼装神叫唱聒鸦，
欺一世人人，
全都是傻瓜。
偷奸耍大滑，
油头妆黑钯，
污心粉费搽，
真真谁个瞎。
如此奇葩，
根儿丑渣巴。
天有明罚，
还他作艾猴。

〔双调〕〔楚天遥过清江引〕 春江

何因江乍温，
无故心多讼。
春至有情愁，
伤转无名怄。
忽今潮涌奔，
似昨冰封冻。
寻问乱涛声，
指点何由中。

叹如斯逝兮何太匆，
演化谁相送。
心平逐老风，
事远推新梦。
岸高水长无个懂。

〔双调〕〔殿前喜过播海令大喜人心〕 放达

访因问果心量裁，

冤家都路窄。
插花种柳思培栽，
乱雨来，
风中败。
青山流水郁孤台，
诗人只叹唉。

都看开，
莫想歪，
宽自怀。
总无非身之外，
何曾有必定然，
何来底固不该。
若把清心惹尘埃，
才真无趣哉。

仙家仙家上酒来，
倒个满，倒个满休嗔怪。
醒醉间精神在，
好安排不世才。

〔越调〕〔黄蔷薇过庆元贞〕 春耕

会田翁杖返，
应燕子歌翻。
嫩草犁牛驾挽，
野树烟村日晚。

早花未晓倒春寒，
候风相动压枝弯，
景云犹写满天殷。
心情冷暖间，
好月正新还。

二、 散曲套数（57 曲牌）

1. 江山天马神游六套曲

（《清江思》《四明山》《莫问天》《人马情》
《如神在》《梦游吟》）

散套《清江思》

〔商角调〕〔黄莺儿〕清江思

江水，
江水，
认汨罗湍，
诚君子泪。
（跃滔滔）万古根心，
当时原委。

〔踏莎行〕

史上封神，

波底作鬼。

诗人何寄，

智者谁回。

虽曰难申，

其犹未悔。

龙舟馈，

德馨之谓。

〔盖天旗〕

幽兰香蕊，

寻了离骚真味。

素志惟天，

孤忠无馁。

事临头，

行独伟。

能与同情，

便当怀愧。

〔应天长〕

依与违，
称又毁，
见证难明，
游吟且醉，
死后清江浇块垒。
生为贵，
藏而美，
有诗中会。

〔尾声〕

曾作苦心孤，
都与清江水。
浪吞声语叹，
涛卷风云诡。
魂欲在、逝如斯，
又谁能、说头尾。

散套《四明山》

〔越调〕〔金蕉叶〕 四明山

（四明西望）迤峦送、龙来脉椎，
（面朝东海）景风沐、春到海陂。
（他处）怎得比云岚壮伟，
（教我）直将认仙乡秀美。

〔含笑花〕

雨霏，
鸟翛翚，
似观的渔樵逝者归。
青山欲寄兴亡味，
有孤忠逸民相对；
清泉自倾惆怅杯，
把长流驶水相追。

〔圣药王〕

冷月西，
落月夕，
仿佛天外众星稀。
鸦一啼，
鸡一啼，
居然云上几人齐。
红日照征衣。

〔络丝娘〕

梁弄有枪声响回，
故垒有金光影会。
血气留痕祭苍水，
死士碑前一跪。

〔煞〕

险处看高低，
野老说神奇。
顶上牖状石，
揽至四向曦。
驰目腾夷，
古城新邑。
甬江翊，
赶海去遇潮时有会期。

散套《莫问天》

〔双调〕〔蝶恋花〕 莫问天

最怕花虫分左右，
认了真时，
把个蝶儿诟。
要判蝴蝶随便走，

有心伴絮无心柳。

天下花开争美丑，

多少高低，

兀自锱铢囿。

世上智愚三六九。

〔乔牌儿〕

对实求是否，

放大入微后。

一时是是非非扭，

悠悠千万口。

〔神曲缠〕

莫问天，各福庥，

天默不言行昏昼。

因他忘忧，

平原督邮。

又从事青州相授，
扫彗清除咒。
糊涂个葫芦含漱，
明了的明白消受，
欢好里腾觚一掬，
烦恼处空杯一扣。
更诗心钓就，
壶中少，篇多笺厚。
职责尽应无愧疚，
网罗开才做优游，
圣人教常当事由，
小民忧还在心头。
也上崔颢楼，
望天际漫处流。
一片世宙，
一刹春秋，
方理会独见愁。
吟罢酾酒，
恨无佳构，
旁无人、声一吼。

〔离亭宴带歇指煞〕

通灵处设法开天牖，

迷神时置案斟清酒，

都来际双双措手。

日杲杲路交歧，

月明明星暗昧，

黑黪黪风扇诱。

云习雾雨兼，

人爱江湖走。

（难追的）悟非何欲求，

如幻影从前，

似真情托此，

不老人依旧。

喜身魂两未离，

还好在堪回首。

且记且记前方更有，

懵懂里遇何多，

世俗中驻也久。

散套《人马情》

〔商调〕〔集贤宾〕 人马情——电影《哈日夫》

抹深云又将星月卷，
长夜草风天。
青苍苍、惯行如径，
暗黢黢、莽野无边。
方闻听弃马正嘶喧，
才思量去处似呼言。
紧寻摸弱弱儿驹卧前，
怎晓他造孽孤单。
（直直地向阿爷来）
近怀知自喜，
亲面惹人怜。

〔逍遥乐〕

（帐褥上）爷孙登践，

（早晚间）乳糯分欢，

（两下里）嬉追俯偃。

（日长夜肥）看他个、俊逸翩跹。

（端的是极品佳名那）墨透乌骊贵至玄，

辔何须、自把鬃牵。

（一时儿）飞云春驻，

（一时儿）曲水秋驰，

（一时儿）暖草冬眠。

〔梧叶儿〕

（说不尽）苍天悔，

（生这些）贪者恣，

（谁又来）毁地垦青原。

（痴心）拦强霸，

（痛身）挥怒鞭，

（染血）倚雕鞯，

（若还有）性命留终当诉冤。

〔金菊香〕

（多亏了骊孙儿）
强难冒死恁些熬煎，
胆劲心忠把主救还。
醒来间也不闻孙在焉，
（不肖亲子卖马）只管银钿，
（屠宰场）听刀待俎卵危悬。

〔醋葫芦〕

逃生绳挣开，
跨栏蹄奋展。
夜城到处暗萦缠，
寻路随时多避转。
（怕最怕）有心坑骗，
系缰鞍湖海泛舟船。

〔浪里来〕

相盼眼，两并肩。
情心初遇美骊缘。
马场边计妥无避远，
欲归如箭。
追随俺向海共骈骈。

〔高平煞〕

力难支泅渡险深渊，
衔尾扶持濡沫喘。
陌路贾人狂，
馋血野狼癫。
（各各）全都是逞垂涎，
竟先亡好侣泪飞哀奠。
声孤风肃厉，
意苦步贞坚。
念谁家园，
忆那童年，

百千里路怎归故人苑。

〔尾声〕

本寻思拱吻阿爷宠欢见。

谁知天叵测，

人去梦难圆。

坟上草，

月中弦，

只剩了骊儿似忠犬。

日夜恼嘶鸣天地，

有多少至情难舍泪潸然。

散套《如神在》

〔双调〕〔行香子〕 如神在

六道谁来？

一世何择？

默行焉天未言哉。

都交命宰，

还费神猜。

也推求，

曾了断，

怎安排。

〔银汉浮槎〕

早将风采，

才写诗三百，

字韵今宽昔日窄。

姑容野诵，

忍上灵台。

〔天仙令〕

冤孽债，

抵扣老恩泽。

巷里矜哀，

生涯蹇仄。

行运变兴衰，

晦雨喈喈。

天时不将人事埋，

还要量裁。

〔离亭宴煞〕

须将理敬如神在，

莫因人怨无天戴。

代有干才，

未逢其遇多无奈。

从去了江湖外，

居陋寥然泛海。

醉且觉二三分，

德须孚万千载。

散套《梦游吟》

〔大石调〕〔念奴娇〕 梦游吟

非疼则痒，
就因些、冷悄悄闲居心快。
天忽阴阳投疫网，
捱到春老辰光。
（偶有来）一阵清香，
（已遮了）一窗新叶，
（院门深锁里）念紫藤花模样。
将来将去，
忍著伊那边想。

〔六国朝〕

漂舟听桨，
骋马由缰。

如挣出锁扃严，

似展开天地广。

喜盼如神游、岛海山江，

好梦将分享，

云鹤驾一往。

河西岳东皆我欲，

天南地北是仙乡。

豪兴迤逦知，

幽怀名胜访。

〔喜秋风〕

昔我也谒禅堂，

走此处先合掌，

（顿觉得）老山门素院庭有殊相。

且思摸怎生来问得了传灯方丈，

（拾阶上层层）讲经声渐次响。

〔归塞北〕

（御风行）风来的爽，
（生欢喜）则把烦虑一吹光。
合眅宇春霖烟疏宕，
好山河韶舞乐悠飔，
原莽水汤汤。

〔好观音〕

又到长城敌楼上，
雄心把好汉承当，
遥射天狼望雁行。
大风扬，
汉祖传歌唱。
剩与闺中从头讲，
当时的彼此情长，
千里祈安月影双。
梦天荒，
地老人无恙。

2. 云虹蕉鹿四恋套曲

（《朝云恋》《垂虹恋》《蕉影恋》《鹿女恋》）

散套《朝云恋》

〔南吕宫〕〔一枝花〕 朝云恋

朝云萦渡头，

老泪残衣袖。

伊人来梦海，

痛地醒儋州。

生死别留，

落寞魂新枢，

飘零身泛舟。

半生缘、未解相思，

万般苦、不邀共守。

〔梁州第七〕

卿看我风流倜傥，

我看卿美好娇羞，

（想当年）新萌梨雪偎棠蔻。

一生所遇，

一个温柔。

一些未晓，

一曲无忧。

气血中把道真修，

肚皮里与世难侔。

放达间悲少欢多，

问由，

益友。

时宜两字强合耦，

依卿尽管参透。

海角天涯自怅惘，

月上心钩。

〔骂玉郎〕

当怀素志苍生救，
仁者不避荒陬。
身教野老亲锄耨，
饮稻酒。
循善诱，
淳风厚。

〔感皇恩〕

似那凝眸，
显这身手。
（穷涯岛）破天荒，
（儒佛道）衡百子，
（兴文教）选才优。
书香红烛，
学馆新筹。
（苏氏易）阴初六，
（逆还顺）阳上九，

（天风姤）任春秋。

〔采茶歌〕

（儋州）南天际、断肠鸥，
（惠州）西湖岸、恼人柳，
死生间还要跨洋儿洲。
你有魂来应莫走，
吾随风去亦难泅。

〔黄钟尾〕

海天好在观星斗。
书画安于写亩丘。
几番斟，
几回抔。
几番吟，
几回吼。
天怜之，

尔知否。

子瞻诗，

老苏寿。

几番逢，

几回偶。

几番伤，

几回疚。

晴风花，

雨昏昼。

杳前尘，

邈回首。

几多来世几许悲愁，

浪朵儿是情长天地久。

散套《垂虹恋》

〔大石调〕〔青杏子〕 垂虹恋

一岁爱三春，

算垂虹几座桥墩。

金泽浦对吴江郡，

访书旧肆，

吟诗胜地，

惊了天人。

〔憨郭郎〕

（的的好是才子佳人）

（一个）路中风度尊，

（一个）楼头慧心珍。

似宿知，

如天侣，

若通神。

〔还京乐〕

（都说那相思病）

不料香销魂殒，

只为内疚中焚。

定下相交一眼，

则来两与长亲。

揱揱耐得，

思量怎个缘分。

必是皇天作狠，

欲散才怜，

须亡可悯。

死无瞑目待郎君，

待君来际阴阳另，

各了冤恩。

（呀，颠倒书生）

踉跄履、奔来愧窘，

凄怆声、悲中悯恳，

婉谐音、曲里韶钧。

（呀，醒了佳人）

徐舒气微睁目，

竟然动张玉吻。

（叹情天）如何久久，

一旦真真。

〔净瓶儿〕

（垂虹桥畔好人家）
贴喜纸红灯晕，
点庆烛室香氛。
罄樽醺醒，
扶柳酥新。
（礼成了）婚姻，
不欲认，
如假如真转半身。
（谁还不懂个）欢羞愠，
俏佳人吧嗒吧嗒泪儿喷。

〔随煞〕

血肉灵明动根本，
火电神光起盼瞬。
一曲《霹雳引》，
抵够人间百千韵。

散套《蕉影恋》

〔越调〕〔斗鹌鹑〕 蕉影恋

海粤芭蕉，
瑶精寄托。
雨树婷婷，
风枝袅袅。
十美十全，
万缘百好。
一处招，
两下挠，
毕竟无知，
如何会了。

〔紫花儿序〕

情满满临风则伴，

感悠悠击雨常听，
眷深深携水时浇。
人仙两个，
相共夕朝。
神交，
到此节真身化小乔，
彩云惊照。
痴了阿哥，
一个阿娇。

〔秃厮儿〕

盘秀髻裁缝灶燎，
舍红妆涮洗烹调。
平平日常喜欲表，
把亲亲，作叨叨。
咕呶。

〔天净沙〕

平沙皎月轻潮，
素窗红烛清醪，
树语虫声默祷。
星辰来告，
两情长好春宵。

〔寨儿令〕

怒海嚣，
恶风号，
祭牲献迟龙做妖。
稻谷枯焦，
舟宇倾漂，
大难小民遭。
总有须殉哭嗥咷，
岂得甘赴死沦滔。
悲天时情忍去，
回首处爱难抛。

涛，
吞没了玉人娇。

〔尾声〕

后生也化石相吊，
蕉影礁形共老。
夕朝，
（常得见）哀哀红日杲。

散套《鹿女恋》

〔黄钟宫〕〔醉花阴〕 鹿女恋

南海琅嬛吊罗岭，
世传金锣胜景。
此山上，
住神灵。

育个娉婷，

天叹如花月影。

〔喜迁莺〕

岁月有凶亨，

人间事多端便不宁。

岭下有饥荒疾眚，

如何百姓聊生。

丰登，

怎做成，

但撞神锣振响声。

竟不能，

险巇莫测，

兽寇榛荆。

〔出队子〕

临危衔命，

好儿郎独出征。
语容凤气带刀兵，
骨体龙姿绕钿璎，
俊迈风华多异禀。

〔刮地风〕

一气儿冲他鸟兽惊，
真勇健视难如平。
一时儿骇得山神应，
变计谋巧语虚诚。
神器呈，
爱女迎，
慕英雄任由挑赠。
取铜锣义固明，
奈人儿将我心倾。

〔四门子〕

一瞧间小鹿心头挣，

令姑娘动此情。

两难中大义魂初醒，

选铜锣归那程。

众肆欢，

雨放晴。

寨民同庆击锣千岁祯。

苦且吞，

哭欲瞑，

有个人唏嘘自酩。

〔古水仙子〕

（他这厢）苦苦撑，

（伊则个）丹凤眼滴滴嗒嗒泪晶晶。

郎有甚个心肝，

得咙噔咚欢归无稍等，

咪哕嘛啦奏歌吹满耳扰鸣。

呛啷啷当芳心碎怎诉仃伶，

嘶啦啦嚓身变了一只赤玉麖。

悔呵呜呼情生恨了断相思病，

踢嗪喱嘞尽管旷原行。

〔者刺古〕

悄孤徊身自惩，
仗铁剑绳缯。
巧重逢目也盲，
追美鹿飞腾。
伤离魂欲哽，
恼怨情还硬，
逃山奔林心坚意定。
无可停，
爱莫凭。

〔古神仗儿〕

昏昏劲逞，
明明竞骋。
近梦千山，
遥波万顷。
瞰岩绝嶝，
临崖至顶。

待霞光沐身回颈，

两目对双睛。

知得认海山盟。

〔节节高〕

把身还做，

女儿淑静。

将缘复得，

郎君好聘。

万样怜，

千般爱，

恁种疼，

墨笔形容莫名。

〔尾声〕

颂唱回头此心耿，

（神奇）好故事讲与谁听，

鹿女恋总应天地永。

三、 杂剧（60 曲牌）

元文宗海角青梅恋

《青梅恋》题辞

　　北剧一体，殊难作之。元人之后，即鲜有佳作。文宗、青梅之旧事，久传于琼岛。今有螭耶居士林在勇君，取其本事，杂以琼州风物，翻为《青梅恋》杂剧，字字本色，颇具古意。宾白科诨，亦点缀得体，允称当行。文宗本生北地，忽入南国，虽为胡儿，小通经史，不喜杀伐之厉，却好唱和之雅，故峒主直以"秀才"呼之。青梅虽为婢女，不染尘埃，心性绝似红拂，以为女中丈夫也。此二人之勾描，皆不落旧套，至于陈谦亨之忠厚、王官峒主之豪侠，亦别出心裁，仿佛如生。文宗之于青梅，本云泥相望，全赖因缘际会，又得虞先生、王官峒主撮合，方结连理。唯叹青梅，早殒于维扬，实为憾事。居士得元曲之三昧，以补此恨，使天涯海角之情圆结于帝梦，不可谓不奇也。

谭　帆

楔　子

〔陈谦亨引卒子上。

陈谦亨　（诗云）海角天涯做长官，云头浪底惯闲看。

大元一统江山阔，乐在偏荒岛上安。

某姓陈，名谦亨，见任宣慰使司南海琼州都元帅。咱这官儿品级从二品，在海南岛上也是一等一人物。幅地八百里方圆，辖众数十万军民。不啻设帐开府，好似拜将封侯。况乃地僻水穷处，天高皇帝远。又有鸟语花香，四季春长在；山珍海味，一壶仙自成。真真是快活也哉。左右，取酒来。

卒　子　好嘞，帅爷。

〔张黑奴上。

张黑奴　咱家张黑奴是也。莫看咱生的愚鲁憨陋，却也勇力过人精明干练，乃堂堂大元朝宣慰使司都元帅府陈公帐下从五品千户金牌，在琼崖岛上也有些名号哩。（做见科）给帅爷请安，末将奉召来见，有礼了。

陈谦亨　张将军，今有一事唤你来勾当。日前大都行文，说是有皇亲贵胄将发来本地安置。算算行程，广州登船，克日将至。　著你去城外秀英码头候了，探听些底细来报，本帅也好安排料理。

张黑奴　得令。

陈谦亨　张将军去了也。勿忘探得实情先来禀报。

　　　　〔张黑奴下。

陈谦亨　（饮酒科）

　　　　（诗云）日月升沉两不疑，春秋来去各相宜。

　　　　　　　　一朝风自何方起，作雨兴涛未可知。

　　　　想我陈某，祖辈儿跨革囊、渡琼海，为大元镇守南疆立下汗马功劳。如今在这厢也是三代为帅，薄有家赀，营梁画栋，储玉积宝。钟鸣鼎食，天青海晏，日无讼，夜无警，做太平官，好不自在。这忽尔的，京师大都发遣来皇家人物，让咱安置，也不知是个甚样的主儿。依着故事，唐朝宰相李德裕，北宋学士苏东坡，所谓到这天涯海角安置，那都是个贬窜八千里。生，生不好，死，死不得。咱，近了不可，远了不成，却也费些儿踌躇。唉，无事家中坐，祸福寻上门。罢罢罢，候张黑奴打探回来，再做个道理。

〔陈谦亨下。

〔张黑奴引图帖睦*上。

图帖睦 本皇子图帖睦是也，年方一十八岁，乃先帝元武宗之子，当今皇帝元仁宗之侄儿。自大都流放至此，八千里路，水穷天尽，孤魂野鬼。呀，好不仓皇伤悲。想我太祖，法天启运圣武皇帝成吉思汗，神勇天纵，起于漠北，一扫六合，御极八荒。世祖圣德神功文武皇帝忽必烈，定鼎大都，平金灭宋，天下归一，三传至吾父皇武

---

* 说明：本剧中人物元文宗作图帖睦（而非图帖睦尔、图帖睦耳），盖因当时元朝蒙古贵族汉化译名并非固定；也因此剧系文学作品。——出版者

宗海山。父皇在位，建树颇丰，立尚书省，建元中都，颁至大银钞，通海上漕运，加封孔子大成至圣文宣王。文治武功历历，真乃一代鸿烈也。只可惜年寿不永，盛年驾鹤，传位于其弟爱育黎拔力八达。我这位皇叔，却违背了约定，改立了他亲儿为太子，视侄儿我为眼中钉。我渐已成年，便找个由头，将我打发出京，流落江南，这回又发配来在海角天涯，自生自灭。想必这回是凶多吉少也。

张黑奴　殿下，前方就是琼州都元帅府，且先停步稍候，待卑职打马先行禀报帅爷陈公去也。

〔张黑奴下。

图帖睦　形同人犯，只身南来。黑水白涛，虽曰未死；虫毒热瘴，九死一生也。

（唱）【仙吕】　【端正好】

　　　唤轻声，图帖睦，

　　　现今日比作何如？

　　　平白的充贵胄天潢数，

　　　你就是天涯客、苦人孤。

　　　无方向，没前途，

临末了板上刀头度。

（唱）【幺篇】

问苍天，天无助，

但听见海鸟相呼。

余生里将运命谁托付，

岂梦幻乘车马、返京都。

居贫巷，做村夫，

还未必有个安身处。

〔张黑奴上。

张黑奴 启禀殿下，咱家都元帅陈公，闻得殿下驾到，正命人打扫馆舍，安排酒宴，府门外仪仗接著哩。

图帖睦 岂敢岂敢，还请将军快快引路去了也。正是：地北天南皆故事，人生何处不相逢。

〔图帖睦、张黑奴同下。

第一折

〔青梅上。

青　梅 小女子李青梅是也，今年一十六岁。

南海琼州府定安县芬山村生人，自幼父亡母丧，孤苦无依。乡人怜见，带出山来，寻文昌舅亲。未承想舅舅出海泛舟，音讯全无，乡人托付非人，致我流落州城。幸得宣慰司陈公元帅府上收留，名为婢女，视同亲生。帅爷太太膝下无女，竟半认了义女，百般怜惜，哪有甚么爨濯使唤、日劳夜作，反倒像是小姐一般，阁中锦绣，案头琴棋，一样不差。前年还延了西席江南儒士虞先生，教书习诵。似这等恩情，青梅三生难报也。看天色近午，先点了涎香，砌上酽茶，待元帅归来，也好歇坐。

〔陈谦亨上。

陈谦亨 这几日心烦躁，多出一桩事儿来，不知怎地是好，莫如堂上歇坐片刻。

青　梅 （迎礼科）青梅拜见帅爷。

陈谦亨 （落座科）本帅生子顽劣，文不能文，武不能武，睡了便三竿不起，醒了则斗鸡走狗，昏头昏脑，没心没肺，气煞老夫。都不如义女青梅，知书达理，知疼知热，能歌善舞，有品有貌。

青　梅	青梅见帅爷面有愁容，怕不是有甚烦心事么。大人且宽怀，吉人自有天相。先饮了这茶，歇息歇息。
陈谦亨	青梅伶俐，正是有个心事也。今日将有先皇武宗之子，当今圣上侄儿图帖睦，流放到咱琼州来安置。是宽是严，是亲是疏，这里头分寸不好拿捏哩，正为这事儿犯愁。
青　梅	他蒙兀人的家事，咱管他做甚。
	〔青梅下。
	〔张黑奴引图帖睦上。
张黑奴	帅爷，皇子殿下到了。
陈谦亨	殿下驾到，有失远迎，罪过罪过，还乞殿下海涵。
图帖睦	岂敢岂敢，元帅多礼了。某一待罪之身，年少德薄，怎可劳动元帅屈尊枉驾相迎。
陈谦亨	殿下过谦了。陈某世受国恩，三代镇边，今日有幸在此穷乡荒陬，亲近皇子殿下，真乃三生有幸，祖上也有荣光了。方才已差人置备薄酒，为殿下接风洗尘。（仆役排设科）
陈谦亨	有请殿下入席。

图帖睦 元帅上座，承蒙盛意，愧受了，无任
感激之至。

（唱）【仙吕】【八声甘州】

　　锵锵凤翥，

　　铩羽后无毛何若邨鸡。

　　天生龙脉，

　　落难也有人欺。

　　揪心耿耿空寄问，

　　绕口呵呵虚应题。

　　时舛近天机，

　　掇教翩醍。

（唱）【么篇】

　　（沦落在）天涯海角，

　　亦不管闲愁离恨归期。

　　心安便是，

　　吾乡故土遐栖。

　　天东一半新月上，

　　檐下将余残日西。

　　总目睹人间，

　　又甚稀奇。

可怜我少年雄心也。

（唱）【点绛唇】

　　明志修齐，

养涵豪气，

寒宫里。

声小身低，

（只待有朝一日）也作同风起。

（诗云）逐行天尽头，安置海边州。

　　物过必翻转，泰来否极酬。

乍看此地官宰，貌似不欲为难于我。

酒宴丰盛，意态逢迎，且吃了喝了

则个。

（唱）【混江龙】

（竟有个）方天圆地，

（涨海中）万潮来、宝气簇、彩

云集。

（好天时）有情花四季，

（好地利）与民稻三期。

（看案上）绿橙香、山兰酒、小

种茶，

屯昌猪、文昌果、定安鸡。

短尾羊美滋滋伴了胖头鱼，

嫩竚羹鼓嘟嘟配上衔香器。

（似这样）歆风自喜，

嗜味难离。

陈谦亨　边荒设馔，尽是些方物土产，难登大雅之堂，聊充致敬之意，殿下且掇取其中略略中意儿，慢用则个。

图帖睦　某生长京师，行走江南，亦不曾见这些。可知天下之大，本来无奇不有。排设诸珍，眼界为开，元帅盛意，殊为铭感也。

陈谦亨　殿下勿怪罪便好，且先尽此盅。

图帖睦　某年少德薄，不胜酒力，少饮几杯，还望元帅恕之。

（唱）【油葫芦】

　　（都道是）借酒能浇腹块垒，

　　（认得他）似神仙疗病水，

　　（殊不知）穿肠愁作苦寒醅。

　　（饮中）更添千种忧滋味，

　　（醉后）还须三复烧肝肺。

　　人之初乌有知，

　　缘到头何所悔。

　　便酣中无我安安睡，

　　（梦他个）舌哑哑满斝杯。

陈谦亨　殿下且再饮一杯。

图帖睦　（唱）【天下乐】

　　纵酒言欢把玉杯，

　　阿谁？

酒是媒，

展真心换来好意回。

便烟消弟子规，

更风轻长者威，

（人世间）评功推酒至伟。

陈谦亨　谦亨见殿下气色渐佳，兴致愈厚，莫
　　　　如行个酒令，吟诵为乐。

图帖睦　使得。

陈谦亨　谦亨府中也聘有饱学之士，乃浙江湖
　　　　州业儒者四川人虞先生，不如召他来
　　　　陪坐，为殿下一祝酒兴。

图帖睦　使得使得。

陈谦亨　左右，去请虞先生也。

差　役　好嘞。有请虞先生。

　　　　〔虞先生上。

虞先生　（诗云）江山信美非吾土，飘泊栖迟近
　　　　　　　　百年。

　　　　　　　山舍墓田同水曲，不堪梦觉听
　　　　　　　啼鹃。

　　　　某乃大宋朝忠臣烈士之后，虞允文曾
　　　　孙是也。沧桑百年，耕读为业。蒙元
　　　　无道，视民草芥，如今避来南海，琼
　　　　州府上做个教书的先生。

陈谦亨　你且见过大都来的皇子殿下。

虞先生　（见礼科）学生有礼了。

图帖睦　免礼。虞先生鸿儒高士，望之俨然，即之也温，图某一见钦敬。且又是陈元帅府上贵西席，切勿拘礼了。

虞先生　岂敢。殿下龙姿凤声，剑眉电目，真圣裔神人也。草民谫陋，居九儒十丐之列，处海隅荒陬之地，乍见尊贵，岂敢造次。

图帖睦　不妨不妨，且共饮作诗一乐。

虞先生　虞某倒是有《挽文丞相》一诗：

徒把金戈挽落晖，南冠无奈北风吹。

子房本为韩仇出，诸葛宁知汉祚移。

云暗鼎湖龙去远，月明华表鹤归迟。

不须更上新亭望，大不如前洒泪时。

陈谦亨　但觉这一首诗不甚得体，殿下莫怪罪。

图帖睦　虞先生逸民孤忠，怀古伤今，也是自有一番中正浩大之气在内。我图帖睦虽是蒙兀人，亦心下佩服也。

（唱）【醉中天】

外显玲珑智，

内敛迤逶知。

人物风流也作痴，

生烦恼儿奢侈。

难辨鱼龙作螭，

（欲问）化身何滞，

（清浊）何处游食。

虞先生 昔孔子云："龙食乎清而游乎清，螭食乎清而游乎浊，鱼食乎浊而游乎浊。今丘上不及龙，下不若鱼，丘其螭耶？"士君子明乎此，可居庙堂之高，可处江湖之远，上达昭明之天，下济苍生之苦，中立而守者，为己之学，乃真丈夫也。

陈谦亨 某也不明白恁多之乎者也尔。（科诨）

图帖睦 先生所言甚是，我图某虽生在宫帏，祖于边漠，倒也幼读诗书，留意经济，向慕三代雍熙之化，谨遵周孔程朱之教。虽未能一施怀抱，亦以纨绔为耻。

陈谦亨 殿下与我这师爷相谈甚欢，谦亨也大有颜面。另有一样，我这西席还教的一个好徒儿。

图帖睦 哪个徒儿？

陈谦亨 正是谦亨义女，名唤青梅。（快语科）我这义女，知书达理，知疼知热，能歌善舞，有品有貌。琴棋书画，无所不能。诗词曲赋，无一不精。上知天文，下识地理，天上地下，无所不晓。

图帖睦 （笑科）元帅说的是诸葛孔明么。

陈谦亨 说的就是这么个意思，殿下见笑了。（笑科）殿下要是欢喜，莫如传青梅来助酒兴。不知依礼数可使得否。

图帖睦 元帅是主，客随主便。元帅说使得便使得。

陈谦亨 那便是使得了。左右，唤青梅来见。

侍　者 （高声传唤科）帅爷有请青梅姑娘来见也。

　　　　〔青梅上。

青　梅 （施礼科）

图帖睦 （唱）【金盏儿】

　　　　（婷婷来的是）

　　　　好人儿，

　　　　妙琼姬，

　　　　刹时惊得神仙异，

　　　　人间何见恁般奇。

　　　　巧心里流盼睇，

　　　　假饰里动濛漪。

　　　　意雨云人两个，

心猿马眼相期。

陈谦亨　青梅，快快见过皇子殿下。

青　梅　（见图帖睦科）乡野女子有礼了。

图帖睦　免礼，免礼。

（唱）【忆王孙】

貌能倾国比天妃，

翩若惊鸿呈画翚。

竟使我心如震雷，

（禁不得）念相随，

（但有）没拦的相思与共飞。

陈谦亨　青梅可为殿下抚琴一曲。

青　梅　遵命也罢。但不知北人如南音何，总
不要对牛弹琴才好。（抚琴科）

图帖睦　（唱）【胜葫芦】

好比伯牙遇子期，

峰涧涌泉溪，

鸾凤相鸣择乃栖。

幻真情到，

虚实弦送，

醒梦神迷。

青　梅　（抚琴罢科）献丑了。

图帖睦　刻正听得入神，且请姑娘更奏一曲。

青　梅　（换琵琶科）

图帖睦　（唱）【醉扶归】

　　　　　（轻拨揉）婉转犹相系，

　　　　　（急弦迫）诞宕不能羁。

　　　　宇宙希声叵测兮，

　　　　也听出天音义。

　　　　偶个无端吁唏，

　　　　更生了相得意。

　　　今闻青梅姑娘妙音，畅心涤虑，真天
　　　涯奇遇也。

　　　（唱）【后庭花】

　　　　　琴声有可依，

　　　　　浮生无处栖。

　　　　　频向苍茫问，

　　　　　多从上下疑。

　　　　　只因伊，

　　　　　凭心何惧，

　　　　　他人闲话讥。

青　梅　（置琵琶科）青梅方才观想，殿下应是
　　　个知音的人，敢问殿下也抚琴演
　　　曲否。

图帖睦　未曾未曾，实不会也。

青　梅　那是殿下视这些子是等闲小道也。

图帖睦　非也非也，姑娘折我哉。六艺非小

道，皆有兴观群怨之旨，圣人所重也。可惜琴棋书画，我缺了一个字头，琴瑟未曾谙也。

青　梅　那么请殿下作诗画画儿可好？

陈谦亨　这个好！左右取笔墨纸砚来。

侍　者　（高声传唤科）帅爷教取笔墨纸砚来也！

图帖睦　（做画科）图某游历江南，便摹写一幅九华山图画罢。

　　　　昔年曾见九华图，为问江南有也无。

　　　　今日五溪桥上望，画师犹自欠功夫。

青　梅　呀，殿下寥寥数笔，点画渲染，便风云来底，气格壮丽也。

虞先生　高妙也哉！诗书画，全凭气格，一理通贯。殿下可否再作书一幅，缮写江南诗吟。

图帖睦　悉听尊命。前在镇江，有拙作七律《登金山》一首，今呈元帅和先生晒正。

青　梅　（科诨）这怎的不提还有我哩。

图帖睦　巍然块石数枝松，尽日游观有客从。

　　　　自是擎天真柱石，不同平地小山峰。

　　　　东连舟楫西津渡，南望楼台北固钟。

　　　　我欲倚栏吹铁笛，恐惊潭底久潜龙。

虞先生 殿下岂是平地小山峰，真乃潭底久潜龙也。恕学生多言，虞某略晓辨貌观相。殿下天潢贵胄，却能屈己下人。知音识律，韬略文章，气象庄严，襟怀浩荡。倘若一朝龙飞，真是天朝盛德，万民之福也。

图帖睦 先生谬言矣，闲置之身，远流之人，但得一处安生便了。

青　梅 我这虞先生学问最好，殿下既到了琼州，不妨多来虞先生书房切磋走动。

图帖睦 （睨陈科）这是正好。

陈谦亨 今日殿下驾临，蓬荜生辉，听琴作画，吟诗饮酒，有缘欢会，真真的舒心开怀也。天色不早，改日再宴。殿下莫如早早入馆舍，盥沐歇息罢。

图帖睦 也是也是。今日元帅盛宴，青梅妙曲，厚德美意，铭记于心，尽在不言中矣。

　　（唱）【赚煞尾】

　　　　彩云西，

　　　　清空霁，

　　　　海风过椰蕉色底。

　　　　恨阻乡关翻又喜，

天香野趣何及。

乐熙熙，

自有著玄机，

笑未诗成曲后题。

（经历些）孤苦明些谛，

（自此后）放达游于艺，

（原来是）愿佳人同我与朝夕。

〔揖让科，图帖睦、青梅、陈谦亨、虞
先生同下。

第二折

〔张黑奴上。

张黑奴　（诗云）披星戴月在舟车，消息探回报
帅爷。

气喘吁吁收汗住，思将劳苦换
凉茶。

启禀帅爷，卑职黑奴来见。

陈谦亨　张将军来的正好，一路辛苦，且慢慢
说来。

张黑奴　帅爷，末将此番探听得明白。咱这琼

州，孤悬南海，须到得广州，便有通晓朝中故事者。

陈谦亨　快快讲来。

张黑奴　图帖睦皇子生父武宗皇帝，按著蒙兀人兄终弟及成例，传位其弟，便是当今圣上。没承想，今上却不欲将大位再传回侄儿，这心思儿，京中尽人皆知。如今图皇子年纪长成，被看作了眼中钉儿肉中刺，打发到咱荒岛安置。

陈谦亨　果然如此。

张黑奴　帅爷，依卑职看来，须如此这般，不知当讲不当讲。

陈谦亨　但讲无妨。

张黑奴　看朝廷的用意，这图皇子是叫他自生自灭。活著麻烦，死了干净。帅爷或可体会今上真意儿，趁机除之，也好有功于朝廷。

陈谦亨　这如何使得。我陈某受恩于先帝，又是向善之人，不可行此勾当。况且这图皇子，一表人才，胸有锦绣，令人颇生敬慕。

张黑奴　为的是如此，这位愈发的是危险的主儿。帅爷切不可与他过于近密，以免祸及乃身。

陈谦亨 知道了。你去罢。

〔陈谦亨、张黑奴同下。

〔图帖睦引虞先生上。

图帖睦 琼岛安闲，闲来无事；南海风花，花开正浓。今日乘兴，与虞先生相偕，书斋旁外，帅府侧近，行几步停几步儿游赏，有一搭没一搭儿说话，悠哉也哉。

虞先生 殿下这边请了。

图帖睦 （唱）【中吕】【粉蝶儿】

云散天高，

正东南爽风丽照。

（顶头处）焕金光摇晃芭蕉。

（这厢）闹蝶翻，喧雀聒，

（那边）帆飞鱼跳。

（来这搭）新藤老树缠绕，

（坐）阴凉里岂生烦躁。

且行且坐，打扇儿，遮阳儿，扑蝶儿，赶蜂儿。

（唱）【叫声】

浪游子得逍遥，

远潮，远潮，

似天风动清啸。

（拍岸）响重又重来，

（浸沙）声长复长消。

图帖睦 （引虞先生做行科）

（唱）【醉春风】

摆脱下妄多心，

愿平平随便老。

尽春春尽个秋秋，

树顶叶野里草。

任雨清稠，

许风微劲，

（万物）有生有落。

虞先生 殿下春秋方盛，来日可期，何必为一
时蹉跎，生出些颓唐之气。

图帖睦 （唱）【迎仙客】

（恰是）闲气消，

（合当）乐淘淘，

人到天涯千万好。

此间欢，

谁入朝。

安置迢迢，

不枉南来道。

虞先生 这样便是好也。殿下请这边行。（做

行科)

〔青梅上。

青　梅　（诗云）猜将喜鹊面前飞，望著红云顶上追。

杂树生花都不看，心情已到两相随。

（见礼科）殿下万安，先生安好，青梅有礼了。

虞先生　书背熟了未？如何追来玩耍？

青　梅　背熟了，背熟了。正有不解之处，要向先生请教。

图帖睦　青梅姑娘来的是，此处景色宜人，海天春光大好，也莫辜负了。

（唱）【红绣鞋】

忍我言谈雅俏，

怪伊神貌多娇，

凝眸相看怕轻佻。

无由将眼躲，

有火在心烧，

生情合人恼。

呀，我图帖睦岂是那见色起意之人，无奈前日到此，电光雷闪，一见钟情，今番纵有圣人动心忍性之教，发乎止乎之义，却莫可奈何一情字也。

（唱）【快活三】

（平素）灯窗学虎韬，

（也曾）雪夜耍吴刀。

少年悄自许英豪，

（原只为）早晚佳人笑。

青梅姑娘，可学得打油诗么？

青　梅　不晓得。（科诨）这靼子昨才作诗，今又打油。

图帖睦　某正巧有一首《青梅诗》打油：

自笑当年志气豪，手攀红杏寻金桃。

滇南地僻无佳果，问著青梅价亦高。

青　梅　（自言科）果然没听出甚么好处。若说登天南，青梅价自然是高。

虞先生　来来来，青梅方才说，要问书中不解之处请教于我，到底是什么啊？

青　梅　（自言科）这后生倒是秀朗才高，煞是可人。毕竟身世显贵，却不知是否温柔敦厚，是否染纨绔之习，长傲慢之气。也不知他究竟儿见识高低，怀抱浅深，且让本姑娘试他一试也。

虞先生　书中不解之处，到底是什么啊？

青　梅　青梅方读四书，至《孟子·尽心下》有曰："民为贵，社稷次之，君为轻。"

虞先生　正是啊。

青　梅　青梅记得《诗经·北山》有言："溥天之下，莫非王土。率土之滨，莫非王臣。"这四书的民，五经的君，究竟孰轻孰重的么？

图帖睦　善哉问！青梅姑娘有此一问，胜过当今寰中上下亿众也。

（唱）【鲍老儿】

　　君有德兴仁民是宝，

　　不辨至理非常道。

　　正从来期君作舜尧，

　　得国正尊儒教。

　　（一旦）心术坏焉，

　　（终究）身家毁也，

　　（如何知）物与民胞。

　　载舟水孚，

　　存心气和，

　　（才有个）天地为交。

虞先生　殿下深于周孔道统，程朱理学，元发乎先天至性之聪，乃成于后天积学之勤。虞某一介腐儒，聆教感佩无已。

青　梅　大元一统，天下承平数十百年，却怎的犹有人分四等，九儒十丐，咄咄怪事。马上得天下，岂可马上治之。华夏自古乃衣冠文物之邦，朝廷岂能不施兴仁敦义之政。

虞先生　青梅休要妄言。

图帖睦　姑娘说的是，天下既定，南北混一，如今说来，却也是汗颜。

（唱）【古鲍老】

　　　　火辣辣夹讥夹嘲，

　　　　（斥指）蒙元室立朝本颠倒。

　　　　羞羞我愧中絮叨，

　　　　更难堪辩言还似狡。

　　　　人间世四色分贬南儿千兆，

　　　　贱儒生如丐糟。

　　　　若这般根基摇扰，

　　　　（诚可叹）执国者非其正道。

虞先生　殿下有如此体认，学生佩服。

青　梅　依青梅看，殿下竟不似帝王家皇子，倒像是士君子中人，高才公子呐。

虞先生　青梅又胡言乱语了。

图帖睦　（笑科）那岂不好了，就依姑娘，叫我图公子，十万分爽帖也。

青　梅　图公子。我把殿下名讳拆开来，再揉起来，也是大好呢。

图帖睦　这又如何讲？

青　梅　图帖睦，这图的是么，宏图大展，励精图治；这帖的是么，天下事无不妥帖；这睦的是么，天下人无不和睦呀。合起来呀，图天下事妥帖、人和睦，这么个图帖睦。

图帖睦　善哉妙也，姑娘真是伶利妙人儿，拆的好，合的妙。

青　梅　图公子可喜欢？

图帖睦　喜欢喜欢，如此，则我图帖睦称心如意了。

　　　　（唱）【红芍药】

　　　　　　（自难禁）喜往眉梢，

　　　　　　（微妙处）明见秋毫，

　　　　　　暗递心思与神交，

　　　　　　（报李的）接了投桃。

　　　　　　（意缱绻）如藤树，

　　　　　　（想缠绵）似漆胶，

　　　　　　两下魂儿出窍。

　　　　　　爱到心焦，

　　　　　　怕被观瞧，

　　　　　　（才这么著那么著）故意藏著。

虞先生 殿下，今日游观纵论，委实尽兴，日西鸟喧，天色不早，咱还是回转去罢。

图帖睦 也好。只是良辰美景，稍纵即逝难再，我今知流连忘返何之谓也。

虞先生 流连之意，不在山水，更有所在也。

图帖睦 其在治国平天下之道乎？

虞先生 此一也，更别有所在。

图帖睦 更何所在？

虞先生 （笑科）自有所在。壮志在青云，神风送梅香。（笑科）青梅青梅，天色不早，你先行回转吧。

青　梅 遵先生之命，青梅先行，前头给图公子引路了。

　　　　〔青梅下。

图帖睦 （唱）【剔银镫】

　　　　　凭证他知确凿，

　　　　　遇事我无偏懆。

　　　　　天天儿遍是桃花灼，

　　　　　明张张语带轻嘲。

　　　　　如其诮，

　　　　　无所逃，

　　　　　便认了自猥佻。

　　　先生见笑，图某今日与先生同游畅

论，舒心适怀。

虞先生 同感同感。

图帖睦 令高足青梅姑娘，也是伶俐健谈，颇添欢趣。另则，如按规矩，图某若有轻佻失礼之处，还祈先生莫怪罪也。

虞先生 殿下说的哪里话，是虞某教徒无方，如有失礼之处，还乞殿下勿罪。

图帖睦 先生说的哪里话，是图某有失庄重了。

虞先生 倒是有一样，不知当讲不当讲。

图帖睦 先生请讲。

虞先生 今日儿，真是郎才女貌，才女俊郎，虞某从旁观之，打心眼儿欢喜煞也。

图帖睦 这个，这个。

（唱）【蔓菁菜】

本会意他敦告，

生事体必糟糕，

没承想有这条。

（忧变喜）出望外红绳为牵牢，

（赞一声）当月老的真心好。

先生说笑了，先生请接著讲呐。

虞先生 不讲哩不讲哩。虞某倒是另有一言相劝。

图帖睦 愿洗耳恭听。

虞先生 此间虽是花红柳绿，景色宜人，然则登山观海，却也是暗潮汹涌，一旦天风骤变，巨浪排空，樯倾楫摧，树倒花落。殿下且思之。

图帖睦 请先生明示。

虞先生 （引图帖睦行科）莫如一学山海龙凤乎？

图帖睦 如何学来？

虞先生 天高云深，凤鸟归林，海阔澜兴，蛟龙潜底。

图帖睦 这又如何讲？

虞先生 （引图帖睦行科）琼崖岛上，五指山前，有个定安土官，汉姓王，单名官，这王官乃青梅故乡之峒主，虞某也曾识得。其为人也，豪侠仗义，坦荡爽朗，尤为好客，殿下何如藉巡览之名，枉驾一行，也好择一居处，以避喧嚣。

图帖睦 这个，这个。

虞先生 孔子有曰，道不行，乘桴浮于海。又曰，君子居之，何陋之有？想那人迹罕至之山野，总好过交通往来之府津也。殿下思之。

图帖睦 （自云科）虞先生真乃大智大忠之人，交浅而言深，正可见其一出肺腑衷肠也。

〔青梅上。

青　梅 图公子和先生行的慢，青梅也前头慢慢的行。没小心听见些话儿，这个，这个，方才说道往定安山里王官峒主所在一行，真是大好，青梅也要随同前往。

虞先生 丫头贼耳朵尖哩，休得向旁人说起。

图帖睦 我尚不知陈公元帅是否准我离开安置所在，你么更不知能否偕行了。唉，倘不能咱三人同去，则不去也罢。

（唱）【满庭芳】

（只道是）都因宠娇，

心头撞鼓，

海底推潮。

晌间无影形相吊，

思月中宵。

千语万言凭翰藻，

素心实行在风标，

须知道。

（又何用）吹笛弄箫，

传意委长涛。

青　梅　要是帅爷允我同去，那该多好。

图帖睦　那可是好哩，到那时……

青　梅　那时怎样？

图帖睦　（唱）【普天乐】

舍轩车，

回轻轿。

阶沾逸步，

水湿红袍。

云深作雨霏，

溪浅连山峭。

欲与佳人同临到，

远尘寰飞鸟天高。

微清绿醪，

长香墨管，

半饱菅筲。

青　梅　图公子要做山中隐士，正好还缺一个烹茶研墨添香说笑的么。

虞先生　（做击掌笑科）正好正好，某有一主张了，定能教陈元帅放殿下山中行去也。

图帖睦　（同旦云科）是何主意儿？

虞先生　此刻说不得也。

青　梅　不说便不说。

图帖睦　图某信的先生也。

（唱）【煞尾】

思安危得路不在遥，

想团圆有策可趁早。

云彤彤霞焕彩西边照，

一道见了东升月皎皎。

〔图帖睦、青梅、虞先生同下。

第三折

〔陈谦亨落座，张黑奴侧立，虞先
生上。

虞先生　（自云科）今日进得帅府，见过陈公，
须要如此这般，设计妥当。

陈谦亨　虞先生今日来，有何见教？

虞先生　启禀大人，确有一事。学生见图帖睦
皇子颇有意于青梅姑娘，莫如大人做
主，将义女许配于他，深为结交，将
来若他回了京师封个亲王，大人也好
得个贵婿，岂不美哉？

陈谦亨 这个，倒也无可无不可。

张黑奴 启禀帅爷，此事万万不可。这位皇子，大人招惹他不得。他是流放安置之身，一旦朝廷决意翦除，大人与他做了翁婿，怎能脱得了瓜葛。

陈谦亨 这个这个，那倒如何是好。

虞先生 张将军所言也是。学生倒有一策，莫如将他再降一等安排，收了馆舍，遣发他去山野荆荒之处安置，日后朝廷若有查问，并未善待于他，也可脱了干系。否则，使他久居帅府之侧，郎情妾意，日久生情，留下话柄，于大人不利也。

陈谦亨 此计甚妙。却没来由的打发他，又怕他不乐意，将来一旦东山再起，得志于朝，则记恨于我也。

虞先生 学生可劝他巡游江海山岛，虞某一介布衣，随扈监视，作好作歹都与帅爷无关。跋山涉水，一去经年，或能不动声色，便如愿遣发他远远去了也。

陈谦亨 也好也好，就依先生办法。先生便去说动了他，早早去了罢。

〔虞先生下。

张黑奴　帅爷，在下也有上中下三策。

陈谦亨　这上策么？

张黑奴　先说下策，正是这虞先生所言，咱虽与他撇了干系，却也任其远走，朝廷若是一时追索急了，寻他不得，又万一他蒙恩回朝，冷落了咱帅爷。

陈谦亨　那末中策如何？

张黑奴　他若开口欲得青梅，咱却要说青妹本是买来的侍女，需索偿银两，以他子身寒酸，必不能够，可缓其事。无非买婢卖奴，朝廷处也好交代。此又稍体其意，做个惺惺之态，以为放长线钓大鱼。人嘴两张皮，将来也可说是嫁女之聘金哩。

陈谦亨　这个。也有些坏心眼儿哩。

张黑奴　若说上策，一不做二不休，现刻就在半道儿上将他除了，此乃深体圣心，有功于今上，帅爷加官晋爵，指日可待。

陈谦亨　这个使不得。

张黑奴　无毒不丈夫，撑死胆儿大的。

陈谦亨　还是先行下策也罢。

张黑奴　（做张望科）咄，帘外门下是何人？

（急趋科）

〔陈谦亨、张黑奴同下。

〔图帖睦引虞先生上。

图帖睦　出的琼州城，来在江边渡。坐离亭，暗忖道，这虞先生计谋虽好，却只成事一半。他顾念了我的安危，却不顾念我离别之苦也。

（唱）【双调】【新水令】

　　（出琼州）小舟系缆候人登，

　　（南渡江）扯孤帆水逆风正。

　　坐离亭且驻足，

　　怅遮眼向居城。

　　（肺腑里）搅搅争争，

　　去留去、总难定。

虞先生　殿下早早登船罢，免得元帅府里变了主张，又行不得也。

图帖睦　（唱）【驻马听】

　　　　花树随生，

　　　　自必添来拦路景；

　　　　雨风乘兴，

　　　　任将勾出恼人情。

　　　　怪纷纷啼鸟耳无声，

　　　　怅昏昏悬日形多镜。

　　　　　　曾未酪，

　　　　（原都是）害人生出相思病。

　　〔青梅匆上。

青　　梅　幸好追及殿下了，快快登船。

虞先生　你如何得来？

图帖睦　又如何同去？

青　　梅　刻下顾不得说这些，先登船也。

图帖睦　姑娘且船上安坐，慢慢说来。

青　　梅　（坐科）前晌，青梅往堂上递茶添水，方要挑帘入内，未曾想暗听的说话儿，心惊肉跳，恚恨无已。如此这般，这般如此，他们要加害于殿下。我便顾不得恁多，追来相告。琼州府青梅也留不得，公子快快扬帆启航罢。

虞先生　既如此，也只好快快的一走了之。

图帖睦　如此便好，愈加的好了。

　　　　（唱）【沉醉东风】

　　　　　　最难得诚忠耿耿，

　　　　　　更偏能悯惜惺惺。

　　　　　　有此缘，

　　　　　　皆天命，

　　　　　　谢苍天皇土灵明。

便了悟前生几世情，

得共来天涯胜境。

南渡江，逆流上，岸也苍苍，天也
苍苍。

（唱）【庆东原】

闻鱼跃，

抚水清，

天山色共风烟净。

望峰间窈冥，

览江中透澄，

舰船上娉婷。

同与渡幸何如，

修得渡何其幸。

虞先生　江上行来，二三百里，两岸渐狭，浅
似小溪，已近山边，须舍舟登岸也。

图帖睦　理会的。青梅姑娘，由此登岸，向山
中去，须要费些跋涉。

青　梅　前面数十里，正是青梅故乡。生在山
村，自幼习惯了。却是你图公子，固
然擅于弓马骑射，未必走得了山路哩。

图帖睦　却不妨。你我便一同行著，你且看谁
先喊累叫苦哩。

〔图帖睦、青梅、虞先生同下。

〔峒主引众寨丁上。

峒　主 （诗云）五指山中做主人，万泉河畔率
　　　　　黎民。
　　　　　土酋世袭常无事，空有擒蛟搏
　　　　　虎身。
　　　　某琼州府治下定安地方黎人土官峒
　　　　主，姓王名官是也。咱家生的是环眼
　　　　方口，虎背熊腰，自幼顽皮，舞刀射
　　　　箭，真有一把子好力气哩。咱虽是个
　　　　粗人，也还知些仗义，最见不得人间
　　　　不平。平日里，诸寨无事，除了偶尔
　　　　应付官差，便是自饮土酒。半酣之
　　　　际，正好巡山戏水，但凡遇著那不知
　　　　死活的虎豹蛟蟒，咱就迫上它赏一顿
　　　　拳脚，倒也爽气解闷儿。小的们，随
　　　　我巡山去也。

众寨丁 好勒，峒主爷。

　　　　〔峒主、众寨丁同下。

　　　　〔青梅引图帖睦、虞先生上。

青　梅 公子，登山看咱快也不快。

图帖睦 姑娘慢些，莫要累著。

　　　　（唱）【步步娇】

　　　　　似燕舞蝶飞春山径，

却把郎来等。

回凤颈，

（不自禁）欢言做玉琅声；

转水睛，

（故意的）嗔瞪出娇娃性。

这一路行来，多亏了有个青梅相伴。

（唱）【雁儿落】

（步步）行来曲折蹊，

（方才）迈过蜿蜒磴。

（遥见）云烟处阁楼，

（乍欢）院落间桃杏。

虞先生　殿下，前面就是定安南雷地界了。

青　梅　公子公子，这便是青梅的故里。

图帖睦　（笑科）如此说来，到得贵宝地，咱须
　　　　分出个宾主之礼了。（互行礼不止科）

青　梅　（笑科）既分了宾主，则有倒屣迎宾，
　　　　悬榻留宾，宾至如归，宾主尽欢，喧
　　　　宾夺主，宾随主便，迭为宾主。

虞先生　打住罢，但有一个相敬如宾便可也。

　　　　（众笑科）

　　　　〔峒主引寨丁抬死虎酒瓮上。

峒　主　前面何人？

虞先生　莫不是南雷峒主，王官老爷么？

峒　主　（欢见科）原来是琼州府师爷虞先生
　　　　也。我这小小山寨，哪阵好风能把贵
　　　　客吹来呐。

虞先生　这风还是个龙卷风，吹来了还打著漩
　　　　儿要留下不走了哩。

峒　主　大好大好，快活快活。这位是？

虞先生　这位是生在大都，流落南海，同我一
　　　　样的落魄书生木公子，木头的木，铁
　　　　锅的铁，糊涂的涂，木铁涂。

图帖睦　（礼科）拜见峒主，小生有礼了。

峒　主　一看便是个识文断字的秀才，长得还
　　　　一表人才。就留在我山寨，一同玩耍
　　　　便好。这一位可是青梅姑娘，数年不
　　　　见，越发出落的好了。

青　梅　见过峒主爷。

峒　主　大好大好。今日在此山间不期而遇，
　　　　待进了山寨我要设宴欢迎贵客。呀，
　　　　也等不及了，咱正有陈年好酒，新打
　　　　的野味儿，不如就先吃些喝些则个。
　　　　来来来，小的们，快快倒酒来，烤
　　　　肉去。

众寨丁　好嘞，听爷的。

虞先生　俗话说大树底下好乘凉，咱就依了峒

主，席地而坐，望云听风，好不别
致也。

图帖睦 （唱）【拨不断】

（海中鱼）使扳罾，

（云中鸟）射飞缯。

犬惊禽兽机关阱，

士啖甘肥鼎鼐羹。

醉呼琼酒无须剩，

（山野豪情）任侠天性。

峒主真乃豪爽人也！想我太祖太宗，
横刀立马，西极绝域，南跨沧溟，盖
亦起于草莽，一本赤诚冲简，自能安
天下众生也。

（唱）【搅筝琶】

（赞一声峒主）君当敬，

豪气骨铮铮。

（必有那）报福前因，

（更有那）成功后庆。

人忠厚，

可亲盟。

诚朴专精，

托其人过命凭率贞，

（安危之际）能死能生。

峒　主	到这山中来，须似我黎人，大碗喝酒，大块吃肉。来来来，再共饮一杯。
图帖睦	好酒好酒，先干了为敬也。黎人百姓，生此山中，仿佛世外桃源，羡煞人也。
峒　主	这位后生书生，你也有所不知。
虞先生	这南洋琼崖岛，四季如同春夏，山海物产丰饶。黎人百姓，山耕水种，打鱼捕猎，原本确也是个世外桃源。
图帖睦	合当如此。
峒　主	不承想，大元平宋以来，总常有个什么广东行中书省达鲁花赤，派人来咱五指山中，需索无度，强男霸女，一不合意儿，任打任杀。咱也是敢怒不敢言。
图帖睦	大元朝也是有王法的么，岂能任意欺凌百姓？！
青　梅	听来令人生气，早晚须改朝换代。
虞先生	青梅莫要胡言。
图帖睦	青梅说的是。水能载舟，亦能覆舟。朝廷岂可尽失民心，失民心者失天下也。
	（唱）【风入松】

国家根烂话难听，

呵骂亦丁宁。

我非到了真实境，

等闲怎知此民情。

如这贪苛衃眚，

陈吴生打到銮京。

想我虽流亡之身，也禁不住义愤难平。

（唱）【胡十八】

何尝有久救宁，

几时得遍周正，

未必也尽公平。

民心长望世清明，

吉亨只须恤矜，

恤矜始到吉亨。

倘若我今悟了，

早晚把圣贤称。

青　梅　你不图个天下妥帖和睦，也枉费了一身金贵，满腹经纶。

图帖睦　（唱）【落梅风】

（愧天地）何容我，

（盛春秋）闲此生，

总须思保民新政。

多亏厉声言相儆，

感姑娘吉言相赠。

青　梅　如此则不枉我一片真心也。

虞先生　如此则不枉我舍命护驾也。

峒　主　如此则不知你们说的什么也。（笑科）

〔众寨丁执张黑奴上。

众寨丁　主子爷，我等在山前捉了个暗藏利
　　　　刃、鬼鬼祟祟的家伙，听爷发落。

峒　主　带上前来。

张黑如　误会了，误会了。王官峒主，吾乃都
　　　　元帅帐下从五品千户张黑奴是也。

峒　主　认得认得，快快松绑。

虞先生　峒主爷且慢，待我问他一问。张将
　　　　军，你此番前来，身怀利刃，鬼鬼祟
　　　　祟，莫非想加害于殿下不成。

青　梅　休得抵赖，我知你的上策。

张黑奴　冤枉也，冤枉也。我一武将，带把刀
　　　　子，也是当然。山上毒蛇猛兽，也要
　　　　用它防身。

峒　主　说的倒也是这么个理儿。那又为何鬼
　　　　鬼祟祟？

张黑奴　且先松绑，待我慢慢道来。

峒　主　小的们，且放了他。（寨丁做松绑科）

张黑奴　峒主有所不知。青梅姑娘是都元帅府

上丫鬟，更是被陈公认了义女。这不辞而别，跟着男人家私奔，于陈公面上委实不好看。

峒　主　青梅是我乡亲，这两位都是我的好友。你又待怎的？

张黑奴　既然峒主爷如此说，在下回去复命便是。

虞先生　将军是来捉人呢，还是杀人呢？空手回去又怎样复命，还是要回去点起兵马再进山来？

张黑奴　虞先生言重了，我只是奉命来请青梅姑娘回转去。若不然，张某卖个人情。

峒　主　什么人情。

张黑奴　青梅既是丫鬟侍女，便索性将三百两银子来赎了，咱人财两清，再无瓜葛。殿下留下姑娘，我带了银子也好回去交差。呵呵，否则么，峒主也别拦著，还是把青梅交给本将军带回为好。

图帖睦　张将军竟说出如此下流言语。青梅贵比千金，千金万金怎比得了人。

张黑奴　那我可管不著了。你若没银子，我便带人走。

峒　主　岂有此理！都元帅府上怎有你这等无赖，且吃我几拳。一个巴掌打扁你，一脚踢你上天去。

虞先生　（做阻挡科）峒主爷息怒，咱不与他计较。

峒　主　气煞我也。小的们，绑了他，带他去山寨。把咱家的银子全都拿出来，有多少算多少。不足的，砸锅卖铁，牵牛搬物，尽数的给了他去。

虞先生　峒主真仗义也！

峒　主　姓张的，你听著，且拿了你的银子滚蛋，有多远滚多远，再勿使我见著。

张黑奴　是是是，在下遵命就是了。（唯唯退科）〔张黑奴下。

峒　主　来来来，咱继续饮酒。

青　梅　（泣拜科）峒主爷在上，受小女青梅一拜。

峒　主　不必不必。咱好事做到底，还要成全你们，大办喜事哩。

图帖睦　恩公果然是英雄豪杰。大恩大德，我图帖睦没齿不忘。也请受在下一拜。

虞先生　这可使不得。还是我来代殿下一拜

罢。（笑科插诨）天地还须你们自个儿拜。

峒　主　（笑科）今日痛快！来来来，咱痛饮美酒，一醉方休。

图帖睦　（唱）【殿前欢】

一场惊，

云烟飞过满天青。

春风到处鸣钟磬，

好事今成。

成全两悦情，

医了相思病，

算出双合命。

（诗中欲赞）花开朵朵，

（韵里可闻）鸟唱嘤嘤。

今日得此奇遇，定当千珍万惜，终不忘报恩也。

（唱）【太平令】

从此往人无孤另，

正婚日礼数排订，

似风瞻容仪妆盛，

同奏个钟琴相应。

（听乡亲）唱声，笑声，

感德处语哽，

思报恩如何心静。

（唱）【沽美酒】

　　不欲醉、酒半升，

　　将且治、国千乘。

　　生万古雄心瑞吉徵，

　　爱黎民百姓。

　　有天下、念苍生。

岷　主　才知木铁涂公子，是个图帖睦皇子，
　　　　咱粗人也不管恁多，干了干了。

图帖睦　（唱）【本调煞】

　　（逢知音）淋漓酣畅何须令，

　　（沦天涯）但知有、酒香酒劲，

　　（将进酒）直将到、碗干盅罄。

　　干！

众　人　（做共饮科）干！

图帖睦　（唱）【太清歌】

　　（已是）夕阳遍洒金光景，

　　（旁出）束照渐染鳞堞。

　　（便知那）山下是人家，

　　（炊烟里）吠犬鸣牲。

　　（观风水）抱垟临水青梅岭，

　　（向阳处）有烟村毓秀钟灵。

　　（我欲与卿）相伴著往那挹胜，

（心安便是吾乡）妥妥儿寄平生。

青　梅　青梅久别故里，今日便随郎君归故
乡也。

峒　主　这回我听的明白了也。

图帖睦　（唱）【川拨棹】

（看伊则）巧顾盼目盈盈，

（竟似那）双明珠水倒影。

笑作莺鸣，

动若鸿惊。

（难怪的）早有令名，

（如今儿）更见嘉行。

（禁不得）这会儿怜梅爱卿，

（你呀你）实实的让人疼。

虞先生　殿下可称了心意，虞某也不枉费了
心力。

峒　主　个个是称心如意，咱也沾沾喜气。

青　梅　且向了黄坡村中去。

图帖睦　要入洞房拜天地。

（唱）【鸳鸯煞】

阴阳常道终无定，

春秋微史须多证。

更有传奇，

方作心经。

行运由人，

逢天遇境。

气出氤氲，

最难把风云静。

动了明灵，

看月下双飞白鹭影。

〔众人同下。

第四折

〔图帖睦引青梅同虞先生、峒主上。

图帖睦 本皇了被流放天涯海角，不承想因祸得福，多了一番奇遇。又远避在这五指山下，南雷洋边，山清水秀，赏心悦目。今日又是走村过寨，见一些风土人情。身边一个是心爱的人儿，一个是博学的先生，一个是仗义的好汉，称心如意，著实胜过幽居在京中百千万倍也。

青　梅（做撷花插花科）相公，这样可好看么。

图帖睦　娘子如何都是好看怜人哩。

青　梅　（嗔科）瞧瞧，又是敷衍人家也。

虞先生　梯田齐整，民风朴厚，若天下有道，士心可用也。

峒　主　日头好晒，晌午了，不如前面打尖饮酒去。

图帖睦　（唱）【正宫】【端正好】

　　　　道里访村言，

　　　　雨燕学农谚，

　　　　（一晌晴）蒸头汗丽日青天。

　　　　接谈野老频当面，

　　　　好晓得教化风俗勉。

　　　　（唱）【幺篇】

　　　　合当乡社都行遍，

　　　　盼将苦民早优躅。

　　　　兴亡已在风歌见，

　　　　试把诗经阐。

　　　　〔陈谦亨引张黑奴上。

陈谦亨　殿下万安，卑职琼州府都元帅陈谦亨参见殿下。殿下让卑职好找，翻山越岭来迟了，万望殿下恕罪。左右，速速把金帛牛酒抬将上来。

虞先生　元帅何故到此？

张黑奴　先生有所不知，圣上龙御上宾，太子年幼坐朝，听得说圣旨将至琼州，要册封殿下为亲王，藩居建康江陵哩。

陈谦亨　正是正是，卑职就是先来向殿下道贺，也好一同回到府城，迎接圣旨。

图帖睦　（唱）【滚绣球】

　　　　　我在此思山来邀岳灵，

　　　　　喜水来烹海鲜。

　　　　　（闲则）诗画中自存老练，

　　　　　（闷则）讴啸中能寄疯癫。

　　　　　安眠时有梦神，

　　　　　躬耕时有福田。

　　　　　真与其候朝等殿，

　　　　　果莫如饮酒谈玄。

　　　　　相已投真情实境寻常矣，

　　　　　心可做痴女憨男倜傥焉，

　　　　　畅享天年。

虞先生　倘若朝廷下有明旨，也不得不接旨北返也。

图帖睦　倘此番逃不过，竟不知如之奈何，呀。

　　　　（唱）【倘秀才】

　　　　　固是知前番故贬，

　　　　　本不预今回竟免，

稀罕甚封拜王侯人北迁。

只欢喜情在此，意相连，

何须归辇。

陈谦亨　殿下回朝封王，可喜可贺呀。前番娶
　　　　了小女青梅，陈某也与有荣焉。

张黑奴　是哩，也要恭喜帅爷。

青　梅　（做斥张黑奴科）此处哪有你说话的
　　　　份儿。

峒　主　还不滚了下去。

　　　　〔张黑奴唯唯退科，下。

陈谦亨　卑职也先外头候著王爷大驾。

　　　　〔陈谦亨退下。

峒　主　不送。

虞先生　须为王爷北返略做预备也。

　　　　〔虞先生与峒主同下。

青　梅　公子做了王爷，青梅但不知是欢喜的
　　　　多，还是忧愁的多也。

图帖睦　你我二人，生死贵贱，不相分离。

青　梅　青梅一介村姑，只怕王爷荣华富贵，
　　　　臣妾便难般配了。

图帖睦　这说的哪里话？折杀我也，我便指天
　　　　发誓，雷霆凭证。

　　　　（唱）【呆骨朵】

良心若叛遭雷电，

忘情了更莫赎愆，

（负了义）谁与鸣冤，

（便与你）发毒誓言。

头脚剁他千碗，

骨肉粉成千片。

喂狗去烧锅蒸又蒸，

踩土下车轮辗再辗。

青　梅　（做泣科）郎君切莫发此毒誓，令青梅
　　　　好不伤心落泪也。

图帖睦　（做泣科，诗云）见你愁苦，我也不免
　　　　一同伤怀。想你我百年好合，如今渐
　　　　到佳境，幸莫猜疑也。

青　梅　倒也是了。青梅只是担忧，既怕元帅
　　　　另有歹意，又怕朝廷莫非诳你。郎君
　　　　此番回京之路，未知吉凶也。

图帖睦　（唱）【白鹤子】

但求卿稳便，

岂怕我熬煎。

存个与神安，

临了随他变。

人刀俎咱作肉，

民父母事由天。

　　　　　（此一去）定定准能成，

　　　　　（更重来）早早欢相见。

青　梅　愿郎君此去平安，音信早来，勿忘臣
　　　　妾在南天涯，相思苦。

图帖睦　（唱）【芙蓉花】

　　　　　忖天涯去何远，

　　　　　思北地无多眷。

　　　　　落寞诗篇，

　　　　　先翻遍。

　　　　　自此相连，

　　　　　路万里牵长线。

　　　　　两下情专，

　　　　　忍住了愁和怨。

青　梅　郎君要把那绳头儿，牢牢地攥住了。

图帖睦　永结同心，万里相牵。

　　　　〔峒主引虞先生、父老众人上。

峒　主　听说殿下将行北返，乡亲们都万分舍
　　　　不得哩，都要来送行。

众　人　殿下好走，菩萨保佑，一路万全！一
　　　　路万全！

图帖睦　（唱）【伴读书】

　　　　　本不成欢别宴，

　　　　　没得作长离饯。

底事从今而赓衍，

何情往后还重见。

依依互惜频相劝，

万百皆全。

〔众人同下。

虞先生 光阴似箭，日月穿梭，一眨眼儿，一年半载便过去了。咱家图公子，自打别了青梅，出了琼崖，一路舟车劳顿，晓行夜宿。才到江南，朝廷旨下，封为怀王，驻藩金陵。又不承想，方继位的幼年太子，不多日驾崩而去。大都上都诸王大臣共议，天命不可违逆，天下原本就是武宗之子，咱家图帖睦王爷的。于是，咱家公子，自江南入正大统。途中兴致来时，还偶吟七律一首，诗云：

穿了褧衫便著鞭，一钩残月柳梢边。

二三点露滴如雨，六七个星犹在天。

犬吠竹篱人过语，鸡鸣茅店客惊眠。

须臾捧出扶桑日，七十二峰都在前。

这诗乃是真真的好，既有人间烟火，又有帝王气象，唐诗千家，又有几个能写得出的。咱接著说，待一路到得大都，天下共迎英主。图皇子这咱登了大宝，做成当今天子也。虞某因了扈驾之功，从龙之臣，著领了翰林院侍讲学士之职，常在左右，参预军国之政。

〔仪仗随图帖睦上。

仪　仗　圣上驾到。

虞先生　（礼科）拜见吾皇万岁万万岁。

图帖睦　快快平身，左右，快快给虞先生赐座。

虞先生　谢主隆恩。陛下，微臣之为人，陛下早已明鉴。微臣所言，诚无阿谀奉迎之意。自陛下登极九五之尊，变革蒙古本俗，亲行郊祀之礼，尊崇孔孟之教，褒扬圣贤之典，彬彬然焉，文治益隆。开奎章阁以致儒臣，考文章，论治道。勤于延访鸿儒高士，勉于体恤民瘼庶情。一扫陈疴，百废俱兴，古之明君圣主不过此也，真乃盛世可期矣。

图帖睦　先生谬赞了。还望先生做一个当今的魏徵，直言指陈寡人之过，共襄善化之治。

虞先生　臣遵旨。

图帖睦 朕有意参斟唐宋《会要》之体，荟萃国朝故实之文，修撰《经世大典》八百八十卷，还要有劳先生主持大计了也。

虞先生 此乃功在当代，流芳百世之盛业也。

图帖睦 （唱）【笑和尚】

嘚泠叮咚度乘来龙御辇，

蓍煞个董立在了金銮殿，

嘀噜噜登写出个千秋宪。

飒剌剌地兴善举，

吐噜噜咯采良言，

妥切切的必可入明君传。

闪念里，不负我那天涯青梅眷。

（唱）【醉太平】

人君乾勉，

明主乘乾。

总须仁义当先，

把治平趱前。

六经心法时常践，

五民忧苦分毫见。

皇天所欲拯元元，

（朕须得）担承在肩。

前些日子，初登大位，国事纷繁，不

及过问后宫之事。还记得曾嘱咐先生，拟诏琼州，迎接青梅，不知可有消息？

虞先生 臣估算著天数，青梅娘娘已启程多日，或刻下便将能喜从天降也。

图帖睦 大好大好。朕已预备下凤冠霞帔，只待爱人儿玉临。

〔峒主上。

峒　主 （做跪拜礼科）小臣晋见陛下。

图帖睦 快快请起，快快请起。这不是喜从天降了么。峒主来也，青梅何在？

峒　主 罪臣该死。罪臣一路扈送娘娘凤銮玉驾，娘娘一路欢天喜地，日思夜盼重见天颜。不承想祸从天降，上个月，行至扬州。

图帖睦 快说怎么了！

峒　主 行至扬州，娘娘忽染水土温寒之疾，一病不起。臣遍请江南名医术士，皆无从措手。

图帖睦 （惊科）呀！

峒　主 娘娘便撒手仙去了，临终犹泪雨沾面，深眷陛下恩情也。

图帖睦 （跌坐科）霹雳天降，痛杀我也。（自

言科）

（诗云）沦落琼崖得遇卿，海枯石烂两
情贞。

凤冠霞帔空余泪，有眼苍天何
不明。

你们去罢，让朕自家个儿呆著
会子。

〔峒主、虞先生下。

图帖睦 （唱）【双鸳鸯】

泪飞溅，

恸呜咽，

不顾庄严痛哭喧。

五腑无知犹惊战，

皇天何苦使熬煎。

痛煞哉也！

（唱）【蛮姑儿】

（天命）诡蹇，

（天罚）咎谴，

幽幽处冥冥际我之愆。

（何偏来）毁吾爱，

（则故意）塌吾天，

把身心洞穿。

〔青梅上。

青　梅　公子别来无恙乎？

图帖睦　青梅，原来你好好的呀，哥哥想煞你了。

青　梅　公子好，天下好，臣妾便好。

图帖睦　青梅你来了正好。咱要把这宫前边儿湖，命名天涯前后海；把那宫后边儿河，唤作万全万泉河；咱成亲的地儿定安南雷，升格为天南新建州，封咱的恩人峒主做州官世袭罔替，黎民百姓免粮免赋。

青　梅　臣妾谢陛下恩情深眷。今虽不忍去，无奈人天异路，仙凡相阻。来生相见，尚有期也。青梅去了也。

　　　　〔青梅下。

图帖睦　（唱）【叨叨令】

　　　　　　乾坤宫内温乡殿，

　　　　　　还如昔日天涯眷。

　　　　　　怀恩我赠金螺钿，

　　　　　　慕廉你选胡威绢。

　　　　　　你喜得也么哥，

　　　　　　你恼得也么哥，

　　　　　　作什么匆匆来去匆匆面。

　　　　青梅你怎的便去了。呀，原来是一场

梦惊觉。

（唱）【六么遍】

恓的头昏眼疑眩，

恍惚际有卿当前。

笑貌音容一宛然，

却才知醒梦痴癫。

千刀寸侵肝内血，

几声砰是咬心箭。

无端祸至分生死，

奈何人去隔阴阳，

哀哀的恨无边。

（唱）【煞】

（忍把）我情她愿悲欢奠，

境遇离合不恨天。

（但记）亲爱之人，

仁义之衷，

保民许国，

祈福求全。

做得来天子，

对得住千年，

任得了孤眠。

酒多作了却，

宵短又潸然。

（唱）【啄木儿煞】

经欢人都全可个耽，

处悲时各顶个可怜。

（不说始末）天尽头谁将青梅恋，

（人皆一场）生欢死怨，

（便似俺）千秋明月共婵娟。

　　题目：陈元帅无故恩仇变　　虞先生有策安危劝

　　正名：黎峒主山野赤心诚　　元文宗海角青梅恋

四、附录

《百年潮》京剧组曲 13 首

（依京剧曲谱填词 9 首、拟京剧曲式作词 4 首）

说　明

　　元曲在它严格的意义上说已经消亡了，清代制定的《御定曲谱》是无法演唱的文字谱，这让学习、创作元曲曲牌的今人不无遗憾。在如今仍然活着的京昆中尚有一些固定的曲牌也用了元曲的名称，如《清江引》《满庭芳》之类，仍能让我们依稀想见当年风致。如何让词与曲结合，还可以借用京昆甚至现代京剧的一些唱腔，体验一下当年元曲如何实际创作。于我而言，这是一件有趣的事情。2020年9月，因缘际会，兴之所至，我写了一组曲词，现选编13首附在《韵成入乐——散曲、杂剧二百曲牌》之后。内容大抵取材于中华民族近百年的奋斗，回顾历史，缅怀先烈，讴歌伟业，展望未来。有几首是先按照京剧音乐规律作词，承蒙戏曲作曲家予以谱曲。大部分是依照传统名剧折子或现代京剧唱段，依声填词。不仅韵辙，而且新写词与原唱段旧词几乎每个词、字的尾音元音都几乎完全一致，京剧演唱中，通常拖腔咏唱，一字三嗪，故而必须字字讲求，特别是原经典唱段的慢板魅力，不希望被新词变味。这倒是与元曲曲谱字字讲究，颇为相似。为方便读者体会前述，新旧词以每句对照方式编排。冒昧为之，不揣谫陋，附以供读者一哂。

1. 回首百年（依《锁麟囊·春秋亭》）

（西皮二六、流水）

◆新填词　◇比照《锁麟囊·春秋亭》

◇春秋亭外风雨暴，

◆回首近代逢与遭，

◇何处悲声破寂寥。

◆火热水深多煎熬。

◇隔帘只见一花轿，

◆国权日渐寄飘摇，

◇想必是新婚渡鹊桥。

◆相蚕食鲸吞伙强盗。

◇吉日良辰当欢笑，

◆西来洋人猖船炮，

◇为何鲛珠化泪抛。

◆毁国宝物化卑糟。

◇此时却又明白了，

◆外患内忧怎得了，

◇世上何尝尽富豪。

◆世殇备尝泣同胞。

◇也有饥寒悲怀抱,

◆也有饥寒悲怀抱,

◇也有失意痛哭嚎啕。

◆也有失意痛哭嚎啕。

◇轿内的人儿弹别调,

◆有为的人儿胆气高,

◇必有隐情在心潮。

◆起救危亡湃心潮。

◇耳听得悲声惨心中如捣,

◆耳听得十月间革命号召,

◇同遇人为什么这样嚎啕?

◆穷苦人翻起身砸光脚镣。

◇莫不是夫郎丑难谐女貌,

◆这才是太阳出真理照耀,

◇莫不是强婚配鸦占鸾巢?

◆这才是旧世界要敢改造。

◇叫梅香你把那好言相告,

◆救国方新青年奔走相告。

◇问那厢因何故痛哭无聊?

◆情万丈把罪恶痛呼打倒。

◇梅香说话好颠倒,

◆北京擘画靠大钊,

◇蠢材只会乱解嘲。

◆上海聚汇众英豪。

◇怜贫济困是人道，

◆开天辟地是领导，

◇哪有个袖手旁观在壁上瞧！

◆从此后辉煌壮观走康庄道！

2020 年 9 月 17 日

2. 初心喋血（依《杜鹃山·乱云飞》）

◆新填词　◇比照《杜鹃山·乱云飞》

【二黄导板】

◇乱云飞，松涛吼，群山奔踊。
◆挽倾危，弄潮头，天翻地动。

【回龙】

◇枪声急，军情紧，肩头压力重千斤，团团烈火烧（哇），烧我心！
◆枪声急，群情愤，肩头压力重千斤，团团烈火烧（哇），烧红心！

【慢板】

◇杜妈妈遇危难毒刑受尽，

◆新军阀已背叛国民革命，

◇雷队长入虎口（他）九死一生。

◆共产党遭毒手（啊）九死一生。

◇战士们急于救应，人心浮动，难以平静，

◆工农们今已觉醒，遍兴暴动，面对血腥，

◇温其久一反常态，推波助澜，是何居心？

◆刽子手气焰张乖，威迫凶残，蝎蛇其心。

【原板】

◇（那）毒蛇胆施诡计险恶阴狠，

◆（那）反动派惧外敌胆怯失魂，

◇须提防内生隐患，腹背受敌，危及全军，
危及全军！

◆弃抵抗催生敌患，东北丢弃，威胁平津，
危及全境！

◇面临着胜败存亡，我的心、心沉重，

◆面临着生死存亡，国之运、心沉重，

◇幕后女声（齐唱）：心沉重，望长空，望长空，想五井。

◆幕后女声（齐唱）：心沉重，怅伤痛，望长空，想天明。

◇似看到，万山丛中战旗红，

毛委员指航程，光辉照耀天（哪），天地明！

◆直盼到，万山丛中战旗红，

毛委员指航程，光辉照耀天（呐），天地明！

◇幕后男女声（合唱）：光辉照耀天地明，天地明！

◇想起您，想起您，力量倍增，从容镇定，从容镇定，

◆像启明，亮起灯，燎原火星，农村革命，道路坚定，

◇依靠党，依靠群众，坚无不摧，战无不胜，定能够力挽狂澜挫匪军，壮志凌云！

◆有了党，领导群众，前仆后继，艰苦牺牲，定能够移山倒海开新运，创世前行！

2020 年 9 月 20 日

3. 瑞金春 （拟作）

花正红，云乘风，

武夷山青青，

赣江春水生。

分田分地忙春耕，

牧童吹笛唱红军。

人民的共和国这里原型，

选出了苏维埃由咱百姓。

千百年各种样压迫欺凌，

齐推翻开创了天下公平。

好山好水有斗争，

峥嵘岁月多牺牲。

山茶年年红（了）瑞京，

红星映照太阳升。

2020 年 9 月 22 日

4. 送郎参军（依《三娘教子·王春娥自思自叹》）

（二黄慢板）

◆新填词　◇比照《三娘教子·王春娥自思自叹》

【二黄慢板】

◇王春娥坐草堂自思自叹，

◆心不舍我的郎自此不见，

◇想起了我的夫好不惨然。

◆挽起了我的夫泪流潸然。

◇春娥女好一似失群孤雁，

◆参军去要立志救苦救难，

◇老薛保他好比浪里舟船，

◆有多少要经历千难万险，

◇薛倚儿他好比无弓之箭，

◆到何时换新天苦尽才甜，

◇每日里在书房苦读书篇。

◆为人民打江山付出血汗。

◇将身儿来至在机房织绢，

◆从今儿千里外只将你盼，

167

◇等候了我的儿转回家园。

◆胜利了爱人儿转回家园。

2020 年 9 月 15 日

5. 万里长征（依《珠帘寨·三大贤》）

（西皮原板、快板）

◆新填词　◇比照《珠帘寨·三大贤》

【西皮导板】

◇昔日有个三大贤！

◆红军不怕远征难！

【西皮原板】

◇刘关张结义在桃园。

◆路漫长万水再千山。

◇弟兄们徐州曾失散，

◆敌凶顽浴血经百战，

◇古城相逢又团圆。

◆古城遵义日高悬。

◇关二爷马上呼三弟，

◆拨正了航向渡险滩，

◇张翼德在城楼怒发冲冠，

◆光明途在前头出发航船。

◇耳边厢又听，

◆耳边厢又听，

【快板】

◇人呐喊，

◆人呐喊，

◇老蔡阳的人马来到了古城边。

◆共产党的人民子弟兵永向前。

◇城楼上助你三通鼓，

◆征途上阻险变通途，

◇十面旌旗壮壮威严。

◆全凭主义心壮志坚。

◇哗喇喇打罢了头通鼓，

◆大渡河打过了作通途，

◇关二爷提刀跨雕鞍；

◆洒热血要教铁索暖；

◇哗喇喇打罢了二通鼓，

◆大雪山跨过了是通途，

◇人有精神马又欢；

◆人有精神怕甚寒；

◇哗喇喇打罢了三通鼓，

◆大沼泽越过了换通途，

◇蔡阳的人头落在马前。

◆抗战的领头到在延安。

◇一来是老儿命该丧，

◆一来把使命作宣传，

◇二来弟兄得团圆。

◆二把初心播人间。

◇贤弟休回长安转，

◆天地正气英雄传，

◇就在这沙陀过几年，

◆不到那长城非好汉，

◇落得个清闲！

◆看红旗漫卷！

2020 年 9 月 16 日

6. 延河水 （拟作）

延河水来到此弯，
河水清影宝塔山。
山下新来什么人，
延河岸边歌声喧。
歌中强音持久战，
延河激荡黄土塬。
黄土高原染新绿，
荒山处处变良田。
窑洞住了什么人，
领导人民把身翻。
民族精华聚陕甘，
千秋精神在延安。

2020 年 9 月 22 日

7. 英勇抗战（依《智取威虎山·自己的队伍来到面前》）

◆新填词　◇比照《智取威虎山·自己的队伍来到面前》

◇早也盼，晚也盼，

◆刀已攥，枪在肩，

◇望穿双眼，

◆勇敢向前，

◇怎知道今日里，

◆终于到这一天

◇打土匪进深山。

◆打鬼子除汉奸

◇救穷人脱苦难，

◆救中国脱苦难，

◇自己的队伍来到面前。

◆东进的队伍来到前线。

◇亲人哪，我不该，

◆军人啊，有我在，

◇青红不分皂白不辨。

◆寸土必争江山不变。

◇我不该将亲人当仇敌，

◆有我在拯亲人抗寇敌，

◇羞愧难言。

◆流血誓言。

◇三十年，做牛马天日不见。

◆三一年，九一八暗日无边。

◇抚摸这条条伤痕，

◆诉说着新仇旧恨，

◇处处疮疤，我强压怒火，

◆日寇烧杀，我满腔怒火，

◇挣扎在无底深渊。

◆拼杀来为民申冤。

◇乡亲们悲愤难诉仇和怨，

◆党指引奋勇担承最艰难，

◇乡亲们切齿怒向威虎山。

◆党指引游击出向太行山。

◇只说是苦岁月，

◆十四年苦岁月，

◇无边无岸。

◆志坚如磐。

◇谁料想铁树开花，

◆才能当砥柱中流，

◇枯枝发芽，

◆牺牲奋发，

◇竟在今天。

◆民族中坚。

◇从此我跟定共产党，

◆风雨中认定共产党，

◇把虎狼斩。

◆把梦想干。

◇不管是水里走，火里钻，

◆哪怕是千里斗，万里关，

◇粉身碎骨也心甘。

◆献身祖国有承担。

◇纵有那千难与万险，

◆不用那千语与万言，

◇扫平那威虎山，

◆早迎那日出灿，

◇我一马当先！

◆我中华万年！

2020 年 9 月 21 日

8. 歌唱新中国（依《智取威虎山·朔风吹》）

◆新填词　◇比照《智取威虎山·朔风吹》

【二黄导板】

◇朔风吹，林涛吼，峡谷震荡，

◆昨梦归，心潮久，家国情长，

【回龙】

◇望飞雪漫天舞，巍巍丛山披银装，

◆看旭日满天红，辉映河山一新样，

◇好一派北国风光。

◆盛世来故国重光。

【慢板】

◇山河壮丽，万千气象，

◆昂首站立，豪情激荡，

◇怎容忍虎去狼来再受创伤！

◆新中国故去新来再造堂皇！

【原板】

◇党中央指引着前进方向，

◆党中央指引着前进方向，

◇革命的烈焰势不可当。

◆人民的事业势不可当。

◇解放军转战千里，

◆建功勋一日千里，

◇肩负着人民的希望，

◆新生活充满了希望。

◇要把红旗插遍祖国四方。

◆要把宏图实现国富民强。

【垛板】

◇哪怕它美蒋勾结、假谈真打、

◆哪怕它一穷二白、阻拦打压、

◇明枪暗箭、百般花样，

◆风霜雷电、倒海翻江，

◇怎禁我正义在手、仇恨在胸、以一当十，

◆正凭我主义在手、初心在胸、凌云壮志，

◇誓把（那）反动派一扫光！

◆誓把（咱）大中华屹东方！

2020 年 9 月 19 日

9. 浦江欢 （拟作）

金风爽，江鸥翔，潮涌东方。

迎朝阳，披霞光，最美浦江。

八百岁，九曲清流兴后浪，

一世纪，涛声两岸何雄壮。

映带江南好风光，

东西海风相摩荡。

更有红星启明升，

上善之区多华章。

扬子江水巨龙来，

山高水长，中华泱泱，

上海去，向大洋。

龙兴之地，泽润云祥，

看群楼连檐，浦东开放，

万民安康，百业兴旺，

日新月异换新装。

不需千年望，

豪情已满腔，

人间天上在浦江。

世界之窗，中国具象，

江水流淌，地久天长，奔富强。

2020 年 9 月 23 日晨

10. 中国梦 （拟作）

心曾动，泪曾流，苦难曾受。
中国人，哪一个？不曾愤忧。
由此上溯一八四零年头，
痛苦挣扎，拼死奋斗那时候。
多少梦想，安康复兴寤寐求。

看今朝绿水青山风光秀，
麦浪涌金黄一片庆丰收。
日千里高铁飞宛如游龙，
过旧城已变样乔迁新楼。
最喜看繁花街情侣牵手，
星月下万家灯绚烂如昼。
亿万人民心，多美优，
汇成中国梦，处处有。
梦想在实现，一万年太久，
天上有北斗，人间正道走，
民富国强初心谋，在前头。

2020年9月24日晨

11. 戏花旗君（依《空城计·我正在城楼观山景》）

（西皮二六）

◆新填词　◇比照《空城计·我正在城楼观山景》

◇我正在城楼观山景，

◆我正在城楼观山景，

◇耳听得城外乱纷纷。

◆耳听得城外乱纷纷。

◇旌旗招展空翻影，

◆旌旗招展空翻鹰，

◇却原来是司马发来的兵。

◆却原来是出他花旗的君。

◇我也曾差人去打听，

◆这也真骇人虚夸惊，

◇打听得司马领兵往西行。

◆大圣国圣驾英明壮出行。

◇一来是马谡无谋少才能，

◆一来是嘛事都懂高才能，

◇二来是将帅不和才失街亭。

◆二来是讲歪都要全世界听。

◇你连得三城多侥幸，

◆已恋得权柄多骄情，

◇贪而无厌又夺我的西城。

◆贪而无厌又对我而欺凌。

◇诸葛亮在敌楼把驾等，

◆似这样没止休把他坑，

◇等候了司马到此谈、谈谈心。

◆等候了与他到时看、看看景。

◇西城的街道打扫净，

◆现今的世道太不平，

◇预备着司马好屯兵。

◆预备着变化靠心定。

◇诸葛亮无有别的敬，

◆这边厢无有别的敬，

◇早预备羊羔美酒犒赏你的三军。

◆早预备天高地久观赏你的扎挣。

◇你到此就该把城进，

◆你到此就该把兴尽，

◇为什么犹疑不定进退两难，为的是何情？

◆为什么弄鬼装神进退两难，为的是何情？

◇左右琴童人两个，

◆我就共赢佴讲着，

◇我是又无有埋伏又无有兵。

◆我是可无有埋伏要和要平。

◇你不要胡思乱想心不定，

◆你不要胡思乱想心不定，

◇来，来，来，请上城来听我抚琴。

◆来，来，来，且折腾来等我复兴。

2020 年 9 月 20 日

12. 龙华桃红（依《墙头马上·李千金》）

◆新填词　◇比照《墙头马上·李千金》

◇你道情词寄与谁？

◆灼灼其华细雨霏，

◇奴题情诗权做媒。

◆夭夭新颜云共飞。

◇我映丽日墙头望，

◆伟绩尽是英雄状，

◇他又岂肯马上归。

◆勋业永远猛士碑。

◇不出深闺爹嘱咐，

◆谁解温风催泪目，

◇全然已被春风吹。

◆因逢盛世欢心扉。

◇施一礼，求梅香，成人之美，

◆清明世，慰忠魂，百年梦美，

◇墙头马上诉心扉。

◆桃花带血报春归。

2020 年 9 月 13 日

13. 世纪荣光（依《龙凤呈祥·昔日里梁鸿配孟光》）

（西皮慢板）

◆新填词　◇比照《龙凤呈祥·昔日里梁鸿配孟光》

◇昔日里梁鸿配孟光，

◆一世纪翔龙飞红光，

◇今朝尚香会刘王。

◆心潮荡漾泪流淌。

◇暗地堪笑奴兄长，

◆万里翻涛渡重洋，

◇弄巧成拙是周郎。

◆更造中国神州昌。

◇月老本是乔国丈，

◆一朝从此超汉唐，

◇母后做主定无妨。

◆五洲多福幸无疆。

2020 年 9 月 14 日

后　记

　　都说心想事成，半生来也多半一直在努力达成初心，但是恰恰没想过，也不可能想到，我后来会写一些元曲经典曲牌和杂剧并且得以结集出版。

　　要说年轻时无形中受到的影响，华东师大中文系老主任，文学艺术学院老院长齐森华先生是曲学大家，有恩于我。后来也做系主任的挺亲和的谭帆学长也是，曾同在一个办公室做副院长的赵山林前辈也是。我在华师大二附中读书时，中文系青年才俊宋耀良老师来到附中指导教学，对我多奖掖溢美。二附中顾朝晶校长那时兼任高中语文老师，一次上课就从头至尾一直在点我的名站起来答问。下课时顾老师引我到悄悄坐在后排的齐先生那里，说特意介绍过我，而齐先生是专程来课堂看看表现的。我这样的恩遇说给如今人听，恐怕多半人们都不信，那时就有这样的学校，这样的先生，这样的佳话。几个月后齐先生就把我免试录取到中文系，并且给了最好的提携关爱。7年后又一言九鼎把我从哲学系毕业研究生中召回中文系任教。古诗云近乡情更怯，我恰恰是从对待最有恩于我的人最羞于表达的角度来体会这句古诗的。40年前获赠齐先生的专著《曲论探胜》，我则一望而敬畏，并未用功，当时已深感曲学难于词学，视若畏途不敢碰。随着年纪渐长，那颗种子才意外发芽。这本曲集习作，就自认作向诸前辈感恩致敬吧。

王国维《宋元戏曲考》序："凡一代有一代之文学：楚之骚，汉之赋，六代之骈语，唐之诗，宋之词，元之曲，皆所谓一代之文学，而后世莫能继焉者也。"元曲绝对是中国古典文学瑰奇宝藏，绝对堪与唐诗、宋词各定一尊而鼎足为三！今人学习和创作诗词者众，说到元曲，曲高和寡，近之者少。曲中有更多的家国之慨、世情百态，元曲固然继承了宋词的婉转抒情，更多的却是嬉笑怒骂、直陈旁出、生动活泼的民间语言，有着独特的文学价值和艺术风貌。其影响还直接、间接地体现在传统戏曲中。"读元人杂剧而善之，以为能道人情，状物态，词采俊拔，而出乎自然，盖古所未有而后人所不能仿佛也。"（王国维语）元曲杂剧对中国韵文戏剧发展的影响不可估量，其中的价值恐怕还没有被充分认识和弘扬。

自从我研读元曲，外行的初步感受是，从写作难易程度说，古诗易于近体，律诗易于词牌，宋词易于元曲。而学做元曲，散曲小令易上手，带过曲难些，套数更难，杂剧就最难了。曲牌就是曲调的名称，有一定调子、唱法，字数、句法、平仄、用韵都有基本定式。元曲格律近似词牌而更严苛，对仗多，有些曲牌几乎全用对句，而且常用三句鼎足、四句联璧的连续对仗，其他对仗花样很多。句式有定格要求，字上讲求也多，每个字不仅分平仄，而且许多字规定必须用上声或去声。《中原音韵》比《平水韵》《词林正韵》与普通话的对应关系更错综复杂。北曲虽然没有入声，但是入声如何派入平上去三声与今多所不同。经历方知，《御定曲谱》比《钦定词谱》更难学用。

曲是用来合乐演唱的，不是单纯文本。元曲语言艺术特色不同于诗，不同于词，也可见口语化是为了更好地演唱和被观众理解。这样，正字之外，元曲还特别有用衬字，这些要写好用对也不容易。元曲要考虑曲牌和宫调的关系，十二宫调各有特点，例如商调宜表现凄怆怨慕，而黄钟宫则音调富贵缠绵。套数是同一宫调之若干曲牌的经典配置，一个套数必须一韵到底，且每句的韵脚还有平上去声的不同定格。打一个近似的比方，写散套就相当于用一个韵部来写几百个字长度的词牌，难度之高已可相见。至于杂剧，那就相当于把写散曲套数的难度再翻几倍，每一折子相当于同一宫调几个套数十几个曲牌一韵到底，而且还要考虑戏剧的其他各种要素。

可见，我刚上大学时被元曲吓住而畏难是理所当然的，幸好不曾无知者无畏而唐突了曲学。倘若不是人难企及，怎么会是独特的艺术？倘若人不能及，又怎么会是通情达理的艺术，所以元曲后来又是最引我入胜，让我欢喜的。艺术是创造的。能称之为艺术，是个人的也是时代的，是尊重规则有规律的，也是富于创造与时俱进的。由诗而词而至于曲，大有可深悟之处。写写诗文词曲，或许没有什么伟大，不能改天换地、经天纬地，我写写它们，就只因为我由衷赞叹我国家民族，为我华夏拥有这样一种举世无匹的语言文字，为其中蕴含的美学与哲理而五体投地。古往今来有那么多有才情的人，他们在天有灵，知道子孙后代在用他们的方式向他们致敬。

今天传世的元曲，既有散曲，也有杂剧中的剧曲，究其本质，都是有腔有调、合乐合谱的一个个唱段。以我前些年创作歌剧、音乐剧和歌曲的经验推之，尊重乐曲旋律的性质、开口送气的节奏、唱句韵脚的规则，乃是十分重要之事，是写好一个曲牌的关键。尽管元曲的音乐谱已经佚失，但尚有文字谱定格，可以以此体悟揣摩，法古人之巧思，敬前贤之创例，寄我念念于斯文宛在之温情。例如《御定曲谱》标明一句中某处某字必用去声，当可以想见元曲音乐到此必是重音节奏，彼此含糊不得。我爱举志愿军战歌为例子，"雄赳赳气昂昂，跨过鸭绿江"。假如把跨字这样硬朗的去声改成游字、行字这样的平声，这歌儿可还怎么唱呢。所以说，倒不是我非要跟自己较真儿，而是既然要学写元曲就不得不然，势必要每一句每一字都合乎《御定曲谱》的定格。

我写曲牌中的小令，尽量与宋词小令写法相异，尽量在题材内容和语言风格上有所体现，但终不像"唱尖歌清意"（［元］燕南芝庵《唱论》）的俚曲。不过，从来源说元曲小令也有脱胎于宋词者，元代诸家各有写法，我也就只能勉强说自己所写之风格各有所本而已。内容涉及风花雪月，岁时光景，游历登临，忆昔怀古，杂剧点评，嘻笑斥骂，同情哀矜，既有赞颂长江治理的，也有仿拟苏州情话的，还有顾惜快递工友的，总之想写就写，能写就写，也未自我设限。

本集中收入的小令涉及 61 种曲牌，除了一般的"只曲体"，作为一个散曲小令门类把带过曲特别标出了 10 首，涉及 22 种曲牌。带过曲文字增多，容量变大，气韵生变化，好比宋词长调的上下阕过片，对于写景写情写事写生活写思想写玩笑写骂人，都觉得更为尽兴些。我写诗词基本上是端庄的，不过元曲确实是更适合市井语，比较好玩儿。这种把两支或三支曲调相连而成的带过体式，我是在 1976 年的秋冬小学时代看北京街上批"王张江姚"大墙报上第一次见到，是谁谁抄录赵朴初先生写的什么什么带过哭相思，当时感到十分好奇，也不知带过二字何意，后来好多年都念念不忘这件事。在此顺便记下来。

集中共收有 10 个散曲套数，涉及 57 支曲牌。每个套数，是将同属某一个宫调的几支曲子连缀而成，是有相对固定格式的，我们今人应该可以从组曲、组歌这些现代音乐形式中了解它大体是什么。我把 6 个套曲名各取一字合成"江山天马神游"，只是为了方便自己好记。每个套曲题材内容各不相同，有寄托诗情哲思的，有梦游神往的，有纪念四明山抗敌英烈的，有缅怀屈夫子投江明志的，还有写一部骏马为主演的小众电影情节梗概的。同样，"云虹蕉鹿四恋"套曲也是四个题材，一个是借惠州朝云写儋州东坡兴教化破天荒，一个是翻写吴江垂虹桥的奇事有如牡丹亭的死而复生，一个是从写类似牛郎织女般的恋爱开始到舍身救民的永恒凄美，一个是捏合海南两个民间神话而终归于鹿回头美丽传说的圆满。这几部套曲，应该有一些艺术性，尤其是从元曲曲牌写作上来说技术性强些，希望懂这个专业的，能体会作者谋篇布局、一韵到底、连续对仗、声腔字字平仄有着落的创作甘苦。举《朝云恋》尾声一段于此。

〔黄钟尾〕

海天好在观星斗。

书画安于写亩丘。

几番斟，几回抔。

几番吟，几回吼。

天怜之，尔知否。

子瞻诗，老苏寿。

几番逢，几回偶。

几番伤，几回疚。

晴风花，雨昏昼。

香前尘，邈回首。

几多来世几许悲愁，

浪朵儿是情长天地久。

元杂剧我读的不多，经典代表作中我喜欢白朴的《唐明皇秋夜梧桐雨》最为得体，写得讲究，令人佩服，我这剧《元文宗海角青梅恋》就是一个向大师致敬的仿作。四折一楔子，宫调曲牌，角色行当，宾白科范，题目正名，皆取法经典。我把一个有着历史真实以及不同版本的民间传说从编剧的角度进行了转化，有所取舍，有所构思，把人物关系和剧情逻辑理清，有虚构小角色，也植入了像虞允文后人虞集这样对元代文教有贡献的人物。末本戏一个男主角从头唱到底，这与我们现代的戏剧观念并不十分相吻合，怎样把杂剧关目关子做出曲折跌宕来，还是用了些功夫，"填词之设，专为登场"。正末连唱六十曲，如何贯穿剧情，避免单调，也有所用心。单独一些曲牌拿出来还要有可看之处，写景写情写人写事写心思，总要各有不同。每个折子平均十四五支曲子，按规矩一韵到底，但全剧避免重复韵字就是我又跟自己较真了。希望看过杂剧的读者朋友，能够了解我这一番用功。我也知道像杂剧这样的剧本，今天不可能搬上舞台，但我凭着想象时时处处注重舞台表演的状态，把戏剧编剧和曲词创作二者努力在杂剧这种形式中自我淬炼。也希望这个爱情题材的杂剧文本有助于弘扬民族团结的精神和社会历史人生方面的正能量。另外，我自己写完以后内心更加喜欢海南岛了，祝愿它成为不仅有美景还有故事的地方。

元散曲、杂剧是北曲，韵字用的是《中原音韵》，除了仄声归入平上去声，还有一些字词与如今标准普通话也不同，创作时都注意了。这也很有趣，我发现，一些字词发音与我从小熟悉的东北话土音相像，可见元大都音也部分保留在方言中了。这本集子基本上是北曲，而由元入明，南曲兴盛。前些年曾经因为创作音乐剧《汤显祖》而接触到像临川四梦这样的南曲传奇，也前往浙江瑞安拜访写了《琵琶记》的高则诚故居，他开创的南戏，很值得研究，无论是从戏剧剧本角度还是从曲牌流传角度，对现今的京昆以及各种地方戏曲影响更大。我也曾经在一些地方，例如有一次偶尔路过汕尾就被城隍庙里上演的白字戏深深吸引，思考一些古今汉语的流变、腔韵的传播、曲牌的传承、文化的影响等问题。但愿今后有时间精力再对南曲下些功夫。吕天成在《曲品》卷下说："凡南戏，第一要事佳；第二要关目好；第三要搬出来好；第四要按宫调，协音律；第五要使人易晓；第六要词采；第七要善敷衍，淡处作得浓，闲处作得热闹；第八要各脚色分得匀妥；第九要脱套；第十要合世情，关风化。持此十要，以衡传奇，靡不当矣。"这段话用于理解元曲杂剧，或者创排现代歌剧音乐剧，也十分确当，当是我以后须更多琢磨的。

可能是出于责任心，青壮年时代把心思点点滴滴时时刻刻都用在了岗位工作任务，努力尽职。所以，诗文写作都是即兴为之，写在哪里随手一放，有的甚至都只在脑中一时成形而没有笔录写下来。去年，诗集《雅颂有风——近体古体诗三百零五首》、词集《比兴而赋——词牌创作三百零五例》幸得选编出版，于是便一鼓作气新编订了这本曲集《韵成入乐——散曲、杂剧二百曲牌》，从有意为之而言，这本算是认真的。 21世纪了，小小续貂，愿得致敬前辈，稍娱同好。

感谢上海戏曲学会常务副会长、国家重大项目《中国戏曲史》首席专家之一朱恒夫教授，感谢中国散曲研究会理事、我大学同学郭梅教授二位专家赐序，感谢全国大学语文研究会会长、华东师范大学谭帆教授为杂剧《元文宗海角青梅恋》题辞，感谢著名学者词人傅蓉蓉教授写了读后感。感谢母校华东师范大学出版社又以上佳的编排装帧品质让这本曲集面世。总之，谢天谢地谢人！

林在勇

2022 年 10 月 26 日

于上海师大